btb

Saša Stanišić

Möchte die Witwe angesprochen werden, platziert sie auf dem Grab die Gießkanne mit dem Ausguss nach vorne

btb

Time is what keeps everything
from happening at once.

Ray Cummings, »The Girl in the Golden Atom«

Bitte der Reihe nach lesen.

Saša Stanišić

NEUE HEIMAT

An einem heißen Weinbergnachmittag im Juni 1994 warf Fatih einen Stein in die Luft, und wir anderen versuchten, seinen Stein mit unseren Steinen zu treffen, und Fatih sagte, »Wartet mal kurz«, und die Steine prasselten zu Boden. »Wie super wäre es«, fuhr er fort, »wenn es einen Proberaum für das Leben gäbe? Du gehst in den rein und probierst zehn Minuten aus der Zukunft? Wie bei *Deichmann*, nur nicht mit Schuhen, sondern mit dem Schicksal. Kostenpunkt: hundertdreißig Mark.

Falls dir dann gefällt, was du siehst, kannst du es direkt einloggen und dich gleich drauf freuen, weil diese zehn Minuten, die werden hundertpro irgendwann kommen. Das Einloggen kostet hundertdreißigtausend Mark.«

Hitze in einem Weinberg ist nie so krass wie Hitze in den Straßen, normal. Hitze in unserem Viertel direkt oberhalb vom Weinberg, die ist ungelogen gleich gefühlte zehn Grad krasser. Das kommt, weil die bei der Planung des Viertels die Bäume vergessen hatten. Nein, im Ernst. Die Bäume, die hier vorher waren, machten sie platt, pflanzten aber kaum neue, und als der Großvater von Piero (behauptet Piero) bei so einer Bürgerstunde höflich (behauptet Piero) nachgefragt hat, was ist eigentlich mit den Bäumen, wo bleiben die Bäume denn?, wechselten die Planer und

Architekten und Bauherren und eine städtische Alkoholfahne so Blicke auf dem Podium, die kannst du nicht beschreiben (behauptet Piero), da musst du dabei gewesen sein bei der Bürgerstunde.

Nach einer kurzen Beratung hat der kräftigste Mann auf dem Podium das verkündet: »Die Bäume, die sind vor allem im Wald.«

Das stimmte inhaltlich zu einhundert Prozent, und in der Nähe gab es auch einen Wald. Das musste man aber nicht weiter erörtern, und das war auch nicht die Frage gewesen. Die Frage war gewesen: Wo sind die Bäume im Beton? Also stellte Pieros Großvater sie noch mal konkret genau so, denn vielleicht tat das Podium nicht, als wäre es doof, sondern das Podium war wirklich doof: »Wo sind die Bäume im Beton?«, also.

Daraufhin hat das Podium allen Ernstes alle Bäume aufgezählt, die nicht plattgemacht worden waren. Fehlte nur, dass die denen Namen gaben. »Und am Parkplatz vor dem Augustinum stehen noch Karsten und Birgit.«

Jeder weiß doch: Baust du, bau mit Grünzeug! Grünzeug macht weniger aggro, Grünzeug gibt dir das Gefühl, glücklicher zu sein, als du es eigentlich bist. Der Anblick einer Baumkrone in einer Straße, das weiß man sogar statistisch, der macht, dass du diese Straße schöner findest als jede Straße ohne Baumkrone, auch eine, in der die Häuser hundertmal schöner sind. Und Grünzeug, vor allem Bäume mit ihren Schatten, kühlt den Beton ein bisschen ab zumindest, womit wir wieder beim Thema Hitze wären.

Jetzt fragst du dich, und zwar zu Recht, wieso dieser

Abstecher nötig war. Erstens, weil ich so die Lage unseres Heimatbetons skizzieren konnte, idyllisch, zwischen Weinberg und Wald. Und zweitens, weil es exakt so lange gedauert hat nach Fatihs Vortrag wie der Abstecher, dass in der angenehmen Hitze des Weinbergs niemand was gesagt hat.

Und warum hat niemand was gesagt? Ja, weil die Idee mit dem Proberaum so eine super Idee war, sogar mit einem Ansatz von einem guten Geschäftsplan, da sagst du nicht sofort was, wie du es bei dummen Ideen und Geschäftsplänen tun würdest, wo deine bürgerliche Pflicht als Kumpel lautet: Sofort was sagen.

Fatih warf einen weiteren Stein. »Kann natürlich sein«, sagte er, und wir ballerten unsere Steine hinterher, »der Proberaum gibt dir eine Kackzukunft nach der anderen. Ist für die meisten leider sogar wahrscheinlich, oder?

Wir vier zum Beispiel. Ausländer in Deutschland. Ja, auch du, Nico, deine Mutter ist DDR, das zählt doppelt. Die Eltern also mit Kackjobs oder gar keinem Job, wie dein Vater, Saša. Und, ja, Nicos Mutter, gleich zwei Jobs, und dabei allein. Über Schule brauchen wir gar nicht reden, wie viele von uns schaffen es mit gutem Abschluss da raus? Auf solche wie uns warten doch statistisch eher beschissene Leben als unbeschissene, oder?

Aber hörst du auf, in den Proberaum zu gehen, nachdem du beschissene zehn Minuten bekommen hast und noch mal zehn? Natürlich nicht. Und warum nicht? Weil die nächsten zehn Minuten trotzdem gut sein könnten! Es gibt unendlich viele Möglichkeiten, wie ein Leben verlaufen kann! Und dass jemand, auch so jemand wie wir, niemals gute zehn Minuten erleben wird, das kann einfach nicht sein. Für manche ist das Glück bloß umständehalber spärlicher gesät.«

Wir sagten weiterhin nichts. Dachten vielleicht nach. Ich dachte darüber nach, wie super der Satz gerade war – »Für manche ist das Glück bloß umständehalber spärlicher gesät«. Nico dachte vielleicht nach über die statistisch wahrscheinliche Beschissenheit seiner Zukunft, und Piero vielleicht darüber, was er in den zehn Minuten am liebsten sehen würde, angenommen, er hätte hundertdreißig Mark übrig, wobei Fatih uns bestimmt einen Rabatt gibt.

Der legte auf unser Nachdenken jetzt noch mehr nachdenkenswertes Zeug drauf. »Man muss schon aufpassen«, sagte er, »Suchtgefahr. So Filmchen von deinem noch gar nicht gelebten Leben zu sehen, die meisten würden davon nicht genug kriegen, und ruckzuck bist du verschuldet. Oder deprimiert: Gerade hundertdreißigtausend für eine gute Zukunft zusammengekratzt, die ganze Familie hat was dazugelegt, du süchtelst aber weiter und kriegst direkt eine viel fettere: geileres Auto, eine Olivenplantage, deine Mama endlich Lehrerin, hier gab es nur das Fließband und so weiter. Aber du hast keine Kohle mehr, um das einzuloggen.«

Jetzt spätestens musste auch von uns was kommen, allein, weil Fatih direkt fragte: »Sag mal, *lan*, was isn hier los, was guckt ihr nur so dumm?«

Als Erster fand Nico Worte sowie einen guten Stein, den er in den Himmel haute, und ich sage nicht umsonst

»Himmel«. Nico konnte werfen, das war irre. Hätte der eine Probe bei Fatih gemacht, ich wette, eine seiner Zukünfte wäre diese: Nico, der Diskuswerfer, Olympische Spiele in Tokio, vierter Platz vor dem letzten Versuch. Und Nico macht diese Diskusdrehung, weißt du, die Hände weiß vom Kalk oder Kokain, oder was die da nehmen, damit der Diskus nicht rutscht, und Nico bolzt das Teil in die abendliche Sommerstimmung, vielleicht ist es auch Shanghai, zack, Silbermedaille, Freudentränen, Nico auf der Ehrenrunde mit der deutschen Fahne und einer Fahne von *AC/DC* um die Schultern.

Seinen Stein traf niemand.

»Wie oft kann man denn rein?«, fragte er.

»Ein Mal am Tag, max. Die Nebenwirkungen sind nicht ohne. Der eine kriegt nur Kopf, der andere könnte aber auch umkippen, normal. Wenn es dich richtig blöd erwischt, gibts Gedächtnisverlust. Und Gedächtnisverlust, das wäre wirklich Pech. Stell dir vor, du hast gerade eine komplett gute Zukunft gesehen, kommst raus aus dem Proberaum und musst wieder Buchstaben lernen.«

»Brutal«, sagte ich.

»Ich krieg bestimmt Ausschlag«, sagte Nico.

»Ich Nasenbluten.« Das war Piero. Er klang richtig traurig. Vermutlich hatte ihn das Stichwort ›Nasenbluten‹ an den Unfall erinnert, seit dem er ständig Nasenbluten kriegte, und damit auch an sein Moped, mit dem er den Unfall hatte, und das Moped wiederum erinnerte ihn an den Totalschaden des Mopeds, und das erinnerte ihn in der Summe, dass er trotzdem, auch den chronischen Schmerzen im Becken und Schädel zum Trotz, so schnell wie möglich wieder Moped fahren wollte, aber keine Kohle für ein neues Moped hatte, und er kriegte, ungelogen, während er vom Nasenbluten sprach, Nasenbluten.

Fatih grätschte dazwischen. »Vergesst doch jetzt mal die Nebenwirkungen, ihr Lappen! Wie findet ihr die Idee überhaupt?«

Das natürlich war die rhetorischste Frage, seit das Fragen erfunden wurde. An jenem heißen Junitag 1994 gab es daher nur eine mögliche Antwort: Wir fanden, dass die Idee des Proberaums die mit Abstand beste Idee war, die Fatih jemals gehabt hatte, also seit er Embryo war und womöglich, je nach Religion, auch schon davor.

Alles an der Idee war das Beste, alles. Wir, drei langhaarige Sechzehnjährige, die in jeder Suppe eine Langhaarfrisur fanden, konnten rein gar nichts daran aussetzen. Die Idee krankte im Grunde nur an einer Sache: Sie war nicht machbar.

Noch nicht! Wie Fatih, sich und dem Innovationsstandort Deutschland vertrauend, anmerkte.

Die enthusiastischen Fatih-Augen! Glühten, während er weitersprach.

»Hier kommt ihr vielleicht selbst drauf: Wieso könnte der Proberaum auch denen was bringen, die zwar gute zehn Minuten kriegen, die aber nicht kaufen können? Weil, bleiben wir mal auf dem Teppich: Wer hat schon hundertdreißigtausend Mark einfach so rumliegen?«

Wir kamen natürlich nicht selbst drauf, also gab Fatih uns einen Tipp, wie so ein anständiger Lehrer: »Ihr könnt euch die Zukunft nicht leisten, wisst aber jetzt, dass sie möglich ist. Also macht ihr was in der Gegenwart …?«

»Wir strengen uns an?« Das war Nico, und die Antwort war richtig und leuchtete allen sofort ein!

»Genau!« Fatih jubelte. »Ihr strengt euch an, ihr Lappen, *damit* diese Zukunft eine größere Chance hat, einzutreffen! Ihr fresst nur noch Brokkoli und Nüsse und trinkt nur noch Wein und Olivenöl wie die Griechen. Ihr werdet freundlicher zu allen, weil man weiß, weniger assi zu sein, verbessert die Lebensqualität. Schon seid ihr gesünder und glücklicher, ganz ohne den Proberaum!«

»Wieso die Griechen?« Piero runzelte die Stirn.

»Die leben länger als die Türken«, erklärte Fatih.

Da fiel auch mir ein konstruktiver Gedanke ein: »Ich glaube«, sagte ich, »ich würde mir auch dann mehr Mühe geben, wenn ich nur blöde Zukünfte kriege. Damit es unwahrscheinlicher ist, dass die kommen. Wisst ihr, was ich meine? Wenn ich zum Beispiel sehe, dass ich an Lungenkrebs verrecken werde, dann reduziere ich auf zehn Kippen am Tag.«

»Hä, du rauchst doch gar nicht«, sagte Piero.

»Jetzt rein theoretisch«, sagte ich.

»Nimm doch ein anderes Beispiel«, sagte Piero.

»Nimm doch selber ein Beispiel, du Beispiel«, sagte ich.

»Fakt ist«, rief Fatih zum Glück dazwischen, »der Proberaum macht dich so oder so zu einem besseren Menschen!«

Er hob einen Stein auf, warf den aber noch nicht, sprach jetzt langsamer. »Die Einzigen, die gar nichts ändern würden, sind die, die locker die hundertdreißigtausend investieren können. Die loggen die Zukunft ein, und weil sie dann wissen, das Schicksal meint es gut mit ihnen, auch wenn sie jemandem in den Mund spucken oder was Bonzen in ihrer Freizeit sonst so machen, lassen sie ihr Leben genau gleich weiterlaufen. Sogar wenn die eine Kackzukunft nach der anderen kriegen – egal: Sie kaufen sich dann eben eine Insel, um sich zu trösten.«

»Ja, lass die Bonzen gar nicht rein, oder?« Schlug Piero vor.

»Später vielleicht. Am Anfang brauch ich die Kohle. Die Forschung, die Geräte. Wisst ihr, was so ein Hirnscanner kostet? Ich will auch eine Ärztin dabeihaben. Ärztinnen sind teuer.

Aber ich hab eine Idee: Jeder, der reinwill, muss seinen Lebenslauf zeigen und ein paar Fragen beantworten. Kostenloses Schulessen für alle, ja oder nein? Bist du Bayern-Fan? Wie findest du den Islam? Womit hat dein Opa '43 Geld verdient? Sind ja nicht alle Bonzen ätzend.

Wenn ich aber jemanden so richtig ätzend finde, dann tue ich nur so, als würde ich die gute Zukunft einloggen, logge aber irgendeine zufällige ein. Ein bisschen Lotto, hehe. Nur so wird es mit dem Proberaum nicht wie sonst mit allem hier, wo sich nur wenige ihre Träume erfüllen können und die meisten auf ihren sitzen bleiben.«

Wurde unser Fatih auch noch politisch! Taekwondo roter Gürtel, niedriger Körperschwerpunkt! Leitet die Tüftel-AG an der Schule selbst und kann Kopfhörer und Walkman auseinandernehmen und wieder zusammenbauen, und der Klang ist danach gefühlt besser! Eine Vier in Deutsch, aber eine Eins in Bio! Lieblingstier: kleine Ziegen! Fatih, mein lieber Fatih! Ich habe an dem Tag so sehr gehofft, dass du der Erfinder werden würdest, als welcher du dich im Proberaum deines Kopfes gesehen hast in unseren Weinbergen, die gar nicht unsere waren, sich aber so anfühlten, wenn wir dort Zeit verbrachten.

Es folgten ein paar technische Fragen. Piero erkundigte sich, ob der Proberaum Naturkatastrophen mitberechnete.

Ja, alles: Erdbeben, Vulkane, Liebe.

Ich fragte, was mit dem Zufall sei. Du gehst spazieren im Wald, und ein Jäger glaubt, du bist ein Hirsch.

Kein Problem, der Zufall sei auch nur ein Dings.

Das klang einleuchtend.

Nico wollte die Theorie dahinter wissen.

»Für jeden Menschen gibt es viele mögliche Lebensverläufe, je nachdem, welche Entscheidungen du triffst oder was dir so zustößt«, erklärte Fatih.

»Ist also ein anderer Piero jetzt nicht hier bei euch?«, fragte Piero bang.

»Leider ja«, sagte Fatih. »Aber auch der ist bestimmt eine dumme Sau.«

Wir lachten, Piero war erleichtert, Fatih träumte weiter.

Nachdem er genug Geld mit dem ersten Proberaum verdient hätte, würde er mit der Massenproduktion starten. Alles so billig wie möglich. In Stadtteilen wie dem unseren würde es Ausleihproberäume geben. Wie die Stadtbücherei, nur liest du eben kein Buch, sondern deine Zukunft. Damit könnte sich im Grunde jeder einen Proberaum leisten. Weil jeder, also fast jeder, zehn Minuten einer schönen Zukunft verdient hatte.

Wie großzügig gemeinnützig, bitteschön, war das denn! Mal ehrlich: Wie oft hattest du solche Gedanken? Als Sechzehnjähriger oder überhaupt. Ich als Sechzehnjähriger vielleicht einen halben gemeinnützigen Gedanken alle vierzehn Tage! Mir ging es in dem Augenblick derart engagiert wegen Fatih, ich wollte am liebsten sofort mit einem Schraubenzieher ein Stück Blech irgendwo ranschrauben als Wand für Fatihs Proberaum, so super fand ich das alles.

Etwas später an jenem Nachmittag voller Erfindungen und unreifer Trauben setzten wir uns müde ins Gras. Unter Wolkenlosigkeit und Zecken sprachen wir nun über die bald beginnenden Sommerferien. Wer wohin fuhr, wie lange und ob es geil wird.

Fatih fuhr ans Schwarze Meer, wie jeden Sommer. In einem Dorf namens Kaleköy lebte Onkel Mustafa, und Onkel Mustafa tüftelte den ganzen Tag in einem umgebauten Stall an Geräten, die mal funktioniert hatten und jetzt nicht mehr funktionierten, aber nachdem er an ihnen getüftelt haben würde, wieder funktionieren werden.

Über Onkel Mustafa am Schwarzen Meer, einen Tüftler wie Fatih eines Tages einer werden wollte, wussten wir mehr als über Fatihs Eltern, Emmertsgrundpassage 21. Die Mutter putzte die Villen in der Weststadt und hielt nebenbei das türkische Kulturzentrum am Laufen. Der Vater hatte in der Türkei etwas mit Büchern studiert, also fuhr er hier einen LKW.

Nico fuhr mit seiner Mutter nach Rimini. Fanden wir spektakulär, weil wir Nicos Mutter spektakulär fanden. Spektakulär war, zum Beispiel, wie selbstverständlich sie ab und an dort auftauchte, wo wir waren, und wie sie mit uns rumhing, als gehörte auch ihr der Weinberg. Wie auch sie gern Steine warf, die wir zu treffen versuchten. Wie sie eine rauchte oder drei, und auch wieder wegging, wenn sie sich langweilte oder wir was Anstrengendes vorhatten, Basketball, Hausaufgaben, bei Piero *UFO-Enemy Unknown* zocken.

Nico schämte sich wegen seiner Mutter nie, und das färbte auf uns ab. Sätze, die wir bei anderen Müttern blöd fanden, waren bei ihr voll okay. Jede andere Mutter, die zu ihrem Sohn sagte: Bleib heute aber nicht so lang weg, war uns und vor allem dem Sohn peinlich. Wenn Nicos Mutter das sagte, dachten wir alle: Ach ja, genau, guter Tipp, lieber mal ausschlafen.

Sie hatte sich auch ehrlich Sorgen um Piero gemacht und ihn mehrfach gewarnt, mit dem Moped zu schnell unterwegs zu sein. Dann bekam sie auch noch mit, dass er mit dem Ding am Hang überholt hatte. In der Kurve! Sie bekam es mit, weil sie es war, die er überholt hatte. Seine Ausrede lautete: Er habe sie mal beim Autofahren von der Seite sehen wollen! Da war aber was los. Piero sofort einsichtig. Versprach, es nie wieder zu tun. Am Ende war es dann auch nicht seine Schuld gewesen. Manchmal willst du alles richtig machen im Leben, und dann übersieht dich ein LKW-Fahrer aus Heilbronn.

Sie wollte uns nicht gefallen, auch das zählte viel. Sie biederte sich nicht an, imitierte nicht, wie wir sprachen, und besorgte später auch kein Bier für uns an der Tanke. Sie trank auch nicht mit, wenn wir welches dabeihatten, allerdings nur deswegen nicht, weil es billigstes Dosenbier war. Wenn wir dumme Tagträume laut äußerten, sagte sie lieb: »You wish ...«

Sie war zwanzig, als Nico zur Welt kam, und ein halbes Jahr älter, als sie mit dem Baby aus der DDR weg ist. An einem Spieleabend bei Nico begann sie mitten in einer Runde Monopoly zu erzählen, wie hart es war, alleinerziehend zu sein. Uff, ehrlich. Inhaltlich rafften wir nicht alles, emotional schon. Wir rafften, warum sie ein paar Mal eingeschlafen ist am helllichten Tag in den Weinbergen. Und wie schön sie war, die Nähe zwischen Nico und ihr, eine notwendige Nähe, denke ich heute, wie sanft er sie dann weckte und mit ihr nach Hause ging.

Wir nannten sie nie beim Vornamen, sondern Frau Wolkendorf, weil auch das doch ein superfeiner Name ist. Was hätte Frau Wolkendorf eingeloggt als Zwanzigjährige in Naumburg?

Mit den Sommerferienplänen war Piero dran. Er würde ebenfalls nach Italien fahren. »Leider aber nicht nach Rimini mit deiner Mutter«, sagte er zu Nico, und alle fanden es lustig, auch Nicos Mutter hätte es lustig gefunden, wäre sie dabei gewesen, und ja, genau, solche Witze konntest du vor ihr bringen.

»Dich würd ich sowieso nicht mitnehmen. Nico und ich wollen uns ja entspannen.« So was käme ihrerseits zurück, und auch das hätten alle lustig gefunden, weil Piero brutal anstrengend sein konnte.

»Und du?«, fragte Nico in meine Richtung.

Ich zögerte. Das hier waren meine Freunde. Das waren Fatih, Nico, Piero. Ihre Telefonnummern waren die einzigen, die ich auswendig konnte. Und sie waren die Einzigen, die wussten, dass ich Rike drei Briefe geschrieben hatte, und die darüber natürlich lachten, weil es doch lächerlich war, Briefe! Die trotzdem aber fragten, ob Rike zurückgeschrieben hätte. (Dass ich die Briefe nie abgeschickt hatte, das wussten sie nicht.)

Ich zögerte *trotz alledem*. Und sagte dann doch mit relativ fester Stimme: »Ich fahre nach Helgoland.«

Ich sah in die Runde, erwartete Fragen. Ich ging stark davon aus, dass jemand fragen würde: Warum denn Helgoland?

Niemand fragte, warum denn Helgoland.

Piero fragte: »Ist das ein Land?«

Fatih sagte: »Holland?«

Nur Nico hatte von Helgoland überhaupt gehört. Ich fand das sofort gut. Es fühlte sich an, als würde ich eine Band mögen, die sonst keiner kennt.

Nico fragte: »Was machst du auf Helgoland?«

Ich sagte aufrichtig: »Kein' Plan.«

»Ohne Plan ist sowieso am geilsten«, sprach Nico die große Wahrheit aus und lehnte sich zurück, weil man das so tat, nachdem man eine große Wahrheit ausgesprochen hatte in den Weinbergen. Fatih lehnte sich auch zurück und Piero auch, ich lehnte mich auch zurück, und dann lehnte sich, ohne Scheiß, das komplette Neckartal zurück, kurz knirschte der Horizont.

Bald würde es dämmern und mit den Mücken auch wir hungrig werden und zurückkehren in die Wohnungen, die wir Zuhause nennen mussten. Aber noch blieb uns etwas Zeit. Noch zählte nur das Liegen im Weinberg, nur das Gucken in die Himmelröte über Frankreich, als Nico leise, fast zärtlich sagte: »Es müsste, glaube ich, *An*proberaum heißen.«

TRAUMNOVELLE

Dass die Zeit stehengeblieben war, hatte Dilek lange gar nicht mitbekommen, und das ärgerte sie im Nachhinein. Weil, wenn die Zeit schon einmal stehenbleibt, dann willst du das ja effektiv nutzen, statt weiter das zu tun, was du bei normal laufender Zeit getan hättest, Heizung abzustauben, jetzt Dilek konkret.

Dilek, Dilek, Dilek... Da ist etwas vorgefallen, etwas nicht gerade Unerhebliches! Und du? Geträumt hast du wieder, Dilek, so vor dich hin.

Dass die Zeit stehengeblieben war, hat Dilek allerdings auch deswegen nicht gleich mitbekommen, weil, seien wir ehrlich: Groß viel Erfahrung mit dem Stehenbleiben von Zeit hast du als Menschheit ja nicht. Wie oft passiert das schon? Auf welche Signale müsste man achten, welche Zeichen, bitte, verstehen? Bloß weil die Vögel auf einmal die Fassung verlieren, glaubt man nicht gleich: Aha, jetzt ist also die Zeit stehengeblieben. Nein, man glaubt, zumindest war das bei Dilek der Fall, dass die sich halt fortpflanzen wollen. Ist ja ihr gutes Recht.

Mit Ausnahme der Vögel war die Welt stiller geworden. Was für eine laute Spezies der Mensch doch ist. Erst wenn der ganze Stadtkrach verstummt, den so ein Wien an so einem Montag produziert, wenn also von einem Augenblick auf den anderen nichts mehr bohrt und rumort und motort, dann merkt man erst, wie laut. Also *du* merkst es vielleicht. Dilek aber hat es genau nicht gemerkt.

Wobei. Gemerkt hat Dilek schon was. Darauf reagiert hat sie bloß erst einmal nicht. Weil das, was sie gemerkt hat, das hat mit Frau Sehner zu tun gehabt, auf die Dilek nicht so gern reagiert. Generell nicht. Heute noch mal extra nicht, weil sie, Dilek, mit Wichtigerem beschäftigt war: dem Traum in ihrer Brust und dem Staub in Frau Sehners Heizung.

Es war das Hauen der schlanken Finger von Frau Sehner auf die Tasten ihres schlanken Computers, was Dilek bemerkt hat. Dass es verstummt war, das Klacken nebenan im Arbeitszimmer. Wobei man sagen muss, dass Frau Sehner nicht wirklich arbeitet, das hat sie gar nicht nötig. *Bureau* nennt sie das Zimmer trotzdem.

Kurz bevor die Zeit stehengeblieben ist, hatte es im *Bureau* resolut geklackt, heißt: Frau Sehner war unzufrieden mit Österreich. Je unzufriedener Frau Sehner mit Österreich war, desto härter drosch sie in die Tastatur. Frau Sehner schreibt einen wöchentlichen Newsletter für ihre Freundinnen und bestückt, bei wirklich großen Themen, die Zeitung ihres Onkels, Meinungsseite. Innenpolitik, Ibiza, Impfen. Dieses feststeckende Containerschiff im Suezkanal, die toten Flüchtlinge im Burgenland, Klima, der Weinanbau (Herzensthema wegen Weingartenbesitz) – Frau Sehner hat viel Kapazität zum Nachdenken über unser Land.

Genug von Frau Sehner und zurück zur träumenden

Dilek mit einer Bürste aus Ziegenhaar. Geträumt hat Dilek von sich als Kind in der Türkei. Genauer: von einer Platane auf einer Wiese in ihrem Dorf. Genauer: vom Blick auf das Meer von unter der Platane. Noch genauer: vom summenden Singen der Fliegen hat Dilek geträumt und vom süßlichen Geruch der Ziegen an einem heißen Sommertag, an dem sie beschlossen hatte, die Ziegen für ein Stündchen sich selbst zu überlassen und ins Meer zu springen, so richtig mit Anlauf rein.

Also nein. Dilek hat diesen Tag doch erlebt, also wirklich gelebt. Eine Erinnerung war das, kein Traum – der heiße, unvernünftige Tag mit dem Sprung ins Meer.

Traumhaft war, wie sich jene Platane und jene Ziegen und jener Sprung ins Meer angefühlt haben: ungewiss. Als könnte sie aus einer Erinnerung in ein anderes Leben erwachen, eines, in dem sie nicht eine Heizkörperbürste aus Ziegenhaar einer Heizung zwischen die Rippen schob.

Der Traum kam mit scharfer Kante daher. Hat ihr einen echten Stich versetzt, hier, hinter der Brust, und Dilek hat die Bürste fallen gelassen.

Jetzt diese Bürste. Sie war ein Geschenk von Frau Sehner, eine Bürste aus Ziegenhaar. Als Frau Sehner Dilek vor Jahren die Bürste überreicht hatte, wollte sie die nicht nur als Geschenk, sondern auch als Witz verpackt wissen: »Die ist mit einer Ziege verwandt!«, hat sie gerufen und ihr Sehnerlachen gelacht – den Sehnerkopf im Nacken. Alle Sehners lachen so, sogar die, die im engeren Sinne gar keine Sehners sind: Herr Feigl, der dritte Gatte von Frau

Sehner, lacht so. Sophie-Clementine und Gusti lachen auch so, und – Schmäh ohne – auch Otto, der Mops (Frau Sehner ist literaturinteressiert), lacht so, obwohl der fast gar keinen Nacken hat! Nach all den Jahren in der Sehner-Villa lacht auch Dilek so, allerdings nur, wenn sie etwas besonders unlustig findet.

Bei der Bürste aus Ziegenhaar hat sie sich durchaus amüsiert. Nicht über des Theater mit der Ziegenverwandtschaft, sondern darüber, wie absurd das war, dass Frau Sehner während einer Reise nach Deutschland in einer Stadt namens Marburg extra zu einem »namhaften Bürstenhersteller« geht und eine Heizkörperbürste aus Ziegenhaar kauft, um sie Dilek in Wien feierlich zu überreichen, Mascherl dran und alles. (Das Mascherlbinden hat Dilek ihr beigebracht.)

Als sie mit dem Lachen fertig waren, hat Frau Sehner Dilek die Hand auf die Schulter gelegt und geseufzt: »Ach, meine liebe Dilek, heute brauchst das *Bureau* nicht machen, bitte. Ich werd ein bisserl lesen.«

Wie war aber Frau Sehner überhaupt auf die Idee mit dem Ziegenhaar gekommen, was ist da die Pointe?

Die Pointe beginnt noch vor der Marburg-Reise an einem Tag, als Frau Sehner sich nach zwei Jahrzehnten Beschäftigungsverhältnis mit ihrer Putzfrau zu beschäftigen beginnt. Wobei, was heißt schon »sich beschäftigen«? Sagen wir: Unterhaltungen zu führen, die gehaltvoller sind als »Grüß Gott, Dilek« und »Der Otto hat wieder was von der Straße gefressen und ins *Master Bedroom* gespieben, fangst, bitte, da an. Danke, Dilek«.

Einsamkeit, Langeweile und etwas Alkohol: die Mischung, das weiß man, macht einen Menschen aggressiv oder kommunikativ. Frau Sehner, zum Glück, nur kommunikativ. Sie redete immer häufiger auf Dilek ein, auch mal schreiend über den Staubsauger hinweg, da kennt die Frau Sehner nichts.

Das jetzt nicht als Kritik verstehen, bitte! Nicht an Frau Sehner, auch nicht an der Ausbeutung von Minderheiten oder den finsteren Bildungsbedingungen in Österreich für Migranten oder was. Das ist nicht die Pointe. Die Pointe ist, dass Dilek ihr geantwortet hat. Und zwar nicht, weil Frau Sehner etwas gefragt hatte – die ist ein Mensch mit vielen Antworten und wenigen Fragen –, sondern weil Dilek selbst und von sich aus etwas erzählen wollte.

An einem Frühlingstag mit Scheuermilch *Zitrus* in der Luft war das. Dilek putzte den Herd, Frau Sehner trank den Rosé und hatte einige Anmerkungen zu den Chancen und Risiken von ökologischer Landwirtschaft. Sprich: Es ging um irgendwelche Auflagen zu ihrem Weingarten, die sie ungehörig fand.

Nachdem sie fertig war, hat sie geseufzt. Frau Sehner seufzt, wenn sie Unrecht empfindet. Zwischen dem geseufzten Trinken von Wein und dem Schrubben von Keramik hat eine Stille sich ausgedehnt. Und da raus, aus der Stille, hat Dilek loserzählt.

Überraschend für alle! Für Dilek selbst, weil sie nicht wie sonst geschwiegen hat, obwohl sie was zu sagen hatte. Für Frau Sehner, dass Dilek etwas sagte, das, druckte man es als Text, mehrere Absätze gehabt hätte. Für die Induktionsherdplatten wahrscheinlich auch, sie haben das gar nicht gekannt, dass Dilek einmal etwas Persönliches erzählt hat.

Die Sehner'schen Auslassungen über die Landwirtschaft hatten Dilek an ihre Kindheit auf dem Land erinnert. »In Kaleköy.« Dilek hat den Namen des Dorfes wie eine Zauberformel drei Mal aufgesagt, worauf Frau Sehner ihn mit einer Sorgfalt wiederholt hat, als könnte er bei falscher Betonung zerspringen. (Hat sie gar nicht mögen, Frau Sehner, wenn was zersprang.)

Dilek hat erzählt, wie sie morgens als Erstes das Haar ihrer Mutter gekämmt hat. So dichtes Haar – da hat Dilek gelächelt –, dass sie im Winter ihre Hände hineingrub, um sie zu wärmen.

Sie hat von den Ziegen erzählt, wie sie die auf die großzügigen Aktarım-Wiesen oberhalb von Kaleköy getrieben hat, und wie sie die gehütet hat, und dass man von den Wiesen auf das Meer sehen konnte, nah und fern zugleich.

Wie das Meer ausgesehen hat, das hat sie auf Türkisch beschrieben, und es war ihr egal, dass Frau Sehner das nicht verstand. Die hat aber genickt, weil sie vielleicht doch was verstanden hat in der Stimme von Dilek, in ihrem Glanz.

»*Derin bir deniz.*«

Wie die Ziegen gerochen haben. Nach Honig, so gut. Und nach Ziegenscheiße. Machen wir uns nichts vor!

Von den Knöcheln hat sie erzählt, blutig. Vom Schleppen, schwer. Von der Hornhaut, da und dort und dort. Von

Kratzern und Blasen und Dreck und wie lang das Schweigen zu Hause immer war und wie kurz der Schlaf. Wie ewig der Schulweg, wie ewig der Nachhauseweg.

Freuden gab es drei: Mutter, manchmal.

Bücher lesen immer. Heimlich Bücher lesen, der Vater hat es ungern gesehen.

Die dritte Freude war ihre Tante Özlem. Sie war es, die Dilek auch mit den Büchern versorgt hat. Jedes Mal, wenn Özlem aus Trabzon zu Besuch kam, blieb ein neues Buch bei Dilek zurück.

Das Buch dann aufschlagen und bei den Ziegen lesen – so begannen viele der freudigen Tage. Die besten waren, wenn Özlem später vorbeikam. Sich neben Dilek ins Gras legte, und Dilek las einfach weiter, nur laut jetzt. Manche dieser Tage waren so gut, dass Dilek sich gewünscht hat, die Zeit möge stehenbleiben. (Aha!)

An einen solchen guten Tag und einen sehr guten Dichter konnte sie sich genau erinnern. Nâzım Hikmet hat der geheißen. Özlem hatte seine Gedichte für Dilek auf losen Blättern abgeschrieben.

Özlems wilde Schrift!

Feierlich fast hatte sie ihr die Gedichte übergeben, und Dilek sollte ihr gleich eins vorlesen, es hieß »Einladung«.

Özlem lehnte unter der Platane ihren Kopf an Dileks Schulter, und neben den Fliegen hat jetzt die Sprache des Dichters um den Augenblick gewirbelt.

»Dilek?«, hat Frau Sehner sich da geräuspert.

»Nâzım Hikmet.« Dilek hat sich auch geräuspert.

»Naßim wer?«, hat Frau Sehner gefragt.

»Nâzım reicht«, hat Dilek geantwortet und aus der »Einladung« rezitiert:

Yok edin insanın insana kulluğunu!
Bu davet bizim.

Yaşamak! Bir ağaç gibi tek ve hür
ve bir orman gibi kardeşçesine,
bu hasret bizim!

Und jetzt kommt die Pointe: An die Ziegen aus Dileks Erzählung muss die Frau Sehner im deutschen Marburg gedacht haben und ist extra ins Geschäft des namhaften Bürstenherstellers, um ihr eine Bürste aus Ziegenhaar mitzubringen.

Immer noch besser, als wenn sie ihr neue Latexhandschuhe mitgebracht hätte.

Warum nicht ein Buch? Wahrscheinlich denkt Frau Sehner, dass Türken keine Bücher lesen.

Dilek hat eh keine Zeit und Kraft zum Lesen übrig. Zieh mal vier Kinder groß als Türkin in Wien!

An die meisten Bücher von damals erinnert sie sich nicht mehr. Es hat Märchen gegeben, Özlem hatte die umgeschrieben. Die Originale waren ihr zu brav oder zu naiv oder nicht feministisch genug. Es hat ernste Geschichten gegeben, auch solche von der Möglichkeit einer anderen Türkei, heute unmöglichen.

Dilek weiß noch, wie das Lesen gerochen hat: nach Kinosälen der Großstadt, nach Diskussionen bis spät in die Nacht, nach gleichaltrigen Jugendlichen, nach Faulsein dürfen, nach Musik und Tanz auf einem großen Platz im Sommer. Nach weniger Mücken und nach dem Vater nicht im Nacken, ach.

Özlem kam aus Trabzon nicht nur, um Dilek die Bücher zu geben. Sie kam eigentlich vor allem, so schien es damals Dilek, um mit ihrem Bruder, Dileks Vater, zu streiten. Die Zeit, die sie mit Dilek verbracht hat, war Auszeit vom Streit.

Vater: Özlem hätte aus Kaleköy nicht weggehen dürfen. Was für ihn daran unverzeihlich war, hat Dilek nicht verstanden. Warum konnte er nicht froh sein, dass wenigstens eine dem ewigen Gatsch entkommen ist? Dem ewigen Schweigen, weil alle Pläne seit Generationen beschlossen waren und alles gleich blieb und das Gleichbleiben unerschütterlich war?

Özlem ist die einzige Glückliche in der ganzen Familie, hat Dilek damals geglaubt.

Bei einem ihrer letzten Besuche hatte sie ihr statt eines Buches ein Heft mit leeren Seiten geschenkt und vorgeschlagen, Dilek solle die leeren Seiten mit eigenen Geschichten füllen.

»Was soll ich schon erzählen?«

»Bitte nicht von den Ziegen.«

Das fand Dilek nicht gut. Sie fand nicht gut von Özlem, dass sie sich so lustig machte, und hat aus Trotz, nachdem die Tante weg war, eine Geschichte geschrieben, in der Ziegen vorkommen. Es waren kommunistische Ziegen. Alles andere hat Dilek längst vergessen. Und danach auch nie wieder was geschrieben. Nicht jeder, der gerne liest, schreibt auch gerne.

Dilek versteckte die Bücher hinter losen Brettern im Stall. Den Stall gibt es heute nicht mehr, die Bücher vermutlich auch nicht. Die Bücher in der großen Sehner-Bibliothek saugt Dilek mit einem speziellen Düsenaufsatz ab. Dilek saugt Haas ab, Haslinger, Haushofer, Hochgatterer, Hofmannsthal.

Die Ziegen auf den Wiesen, das schwierige Leben in Kaleköy – das war nicht der einzige Stich in Dileks Brust, als die Zeit stehengeblieben war. Der andere war ihr Mann. Ihr Ercan mit seinem Traum einer Rückkehr in die Türkei, einer Rückkehr mit Dilek nach Kaleköy. Er hatte dort ein Haus bauen lassen, fast am Meer, lag ihr seit einer Ewigkeit in den Ohren damit: Zurück, zurück!

Und: »Fatih kann auch in der Türkei Fußball spielen.«

Und: »In Kaleköy werden wir glücklich sterben!«

Als die Zeit stehengeblieben war, hat Dilek auf einmal eine Sache sehr gestört an Ercans Traum: dass er weder sie noch Fatih jemals gefragt hatte, ob sie das überhaupt wollten, in die Türkei zurück. Er nahm es selbstverständlich an. Sie kommen mit, weil sie die selbstverständliche Ehefrau war und Fatih der selbstverständliche, noch nicht volljährige Sohn.

Dass das selbstverständliche Leben von Fatih in Wien stattfand mit allen Sicherheiten und Unsicherheiten, mit allen Freunden und Freuden, das hat Ercan nicht interessiert. Dilek ist sich sicher, dass Fatih seit ziemlich genau zwei Monaten auch eine Freundin hatte hier. Seit etwa zwei Monaten schaute er sich im Spiegel eine ganze Minute länger an und putzte gründlich seine Schuhe.

Bis heute war für Dilek der Weg in die Türkei zurück auch ihr Weg gewesen. Sie hat eigene Vorschläge für das Haus gehabt und durchgesetzt: keine Ziegen, gerne aber Hühner, einen Garten, aber keinen zu großen. WLAN, eine Badewanne, ein Lesezimmer, nur für sie.

Ercan machte selten Vorschläge. »Fatih kann auch in der Türkei Fußball spielen« war kein Vorschlag, sondern der einfachste Weg, der Frage aus dem Weg zu gehen, was Fatih selber von seinem Leben wollte, und wo er das wollte.

Dilek wusste die Antwort. Sie wusste die Antwort, denn sie war diejenige, die mit Fatih über die Türkei sprach, nicht Ercan. Sie war es, und wieder nicht Ercan, die ihn eine Zeitlang sogar überreden wollte, mitzugehen. Die Antwort lautete: Auf keinen Fall.

Als die Zeit stehengeblieben war, hat Dilek begriffen, dass Ercan der Einzige war, der sich vorstellen konnte, glücklich zu sterben in der Türkei. Der Einzige, der die Türkei überhaupt mit Glück verbinden konnte.

Er war Frühpensionist. Im Meniskus ein Riss, im Kopf nur noch der Abschied von diesem Land, dem er den Riss verdankt, aber kein Glück. Das versteht Dilek, das versteht sie.

Neu zuletzt war sein Eifer. Die Ungeduld. Das Haus in Kaleköy war gar nicht bezugsfertig! Aber Ercan will (er sagt: »kann«) nicht länger warten. Nichts an einem Haus sei so unwichtig wie der Verputz, und ohne Dunstabzug in der Küche hätten unsere Eltern auch überlebt. Zum glücklich Sterben braucht Ercan keinen Dunstabzug.

Mein Ercan, ach, Ercan.

Ercan will nicht länger warten, um zu sehen, ob Fatih in Wien etwas für sich findet – einen festen Job, eine eigene Wohnung, gar irgendeinen selbstständig erfüllten Traum.

Erst seit dem Sommer ist Fatih mit der Lehre fertig. Ja, schreibt Bewerbungen und macht Praktika, will es aber auch noch einmal *ernsthaft* mit Fußball versuchen. Dilek wäre es lieber, er hätte damit niemals angefangen. Fatihs erstes Wort aber war: *Bis in den Tod hinein werd ich nur für Rapid schrein.* Was will man machen?

Anfangs hat Ercan seinen Fußballjungen hoffnungsvoll unterstützt. Da Probetraining, hier neue Torwarthandschuhe und Geld für die Fußballferien. Er hatte für Fatih den Traum von der ersten Liga geträumt, und dass er den Traum aufgegeben hat, hat Dilek bemerkt, als auf einmal *sie* es war, die Fatih zu den Auswärtsspielen brachte. All die Sonntagmorgen neben irgendwelchen Fußballäckern, Zwölfaxing, Kaltenleutgeben, Hinterbrühl.

Und ohne Fatih in der Türkei zu leben, das war an der Heizung in Frau Sehners Salon eine ganz unvorstellbare Vorstellung für Dilek. In Kaleköy aufs Meer zu schauen und mit Fatih telefonieren zu müssen, statt sich in die Bim zu setzen und zu ihm zu fahren, wenn er eine Sorge hatte, um in die großen Fatih-Augen zu sehen, tiefer als jeder Blick aufs Meer es sein kann, *jetzt alles von vorne, langsam, güneşim benim, es wird alles gut.*

Fatih ist übrigens kein Einzelkind, falls du dich wunderst, warum der von Dilek so herausgehoben wird. Er ist der Jüngste von vieren. Studien belegen aber, dass Eltern ihre Kinder nie gleich liebhaben, auch wenn sie das selbst sogar glauben und behaupten. Wobei, Dilek hat nie was anderes behauptet, als dass Fatih ihr der Liebste ist.

Die anderen drei sind aus dem Haus und kommen mit sich und der Welt zurecht. Taner und Ünal und Tilbe. Sind Dilek dankbar, und ja, schon auch Ercan. Für die Opfer.

Für die Liebe, das wäre Dilek lieber.

Als die Zeit stehengeblieben war, hat Dilek sich an der Heizung festhalten müssen. Stiche und Träume und ein Kribbeln im Arm bis in die Finger, die die Bürste nicht mehr halten konnten. Dazu ein Atmen, schwierig, schwieriges Atmen.

Nicht umfallen, Dilek Imamoğlu! Nicht umfallen!

Statt umzufallen, was denkbar und vielleicht sogar gut gewesen wäre, hat Dilek sich an der Heizung aufgerichtet und hat mit einem Mal etwas gewusst: Ich will ein eigenes Glück.

Und: Nicht glücklich sterben, sondern glücklich leben.

Die laute Gegenwart der Vögel. Wie vor dem Aufbruch!

Die scharfkantigen Träume in der Brust.

Die atemlosen Entscheidungen.

Das stille *Bureau* von Frau Sehner.

Übrigens findet Dilek das nicht unsympathisch, dass die Frau Sehner sich immerfort herumäußert. Sie selbst hätte auch einiges zu sagen, aber bist du Reinigungskraft bei vierzehn Familien und zwei Firmen, hast du am Ende des Tages keine Äußerungskraft mehr.

Hat in Österreich je eine Putzfrau eine Kolumne in einer Zeitung gehabt?

Und diese ihre Träume, wer möchte die schon hören.

Du, Dilek. Du selbst. Dein eigenes Glück.

Frau Sehner hatte Dilek zuletzt nicht mehr zwischendurch in der Küche, oder wo Dilek gerade zufällig zugange war, an ihrem noch unpublizierten Herumäußern teilhaben lassen, sondern sie lud Dilek dafür in die Bibliothek ein. Ein kleines Ritual mit einem Teller kleiner Kekse von Frau Sehners Hauskonditor. (Er ist nicht ihr Hauskonditor, sie nennt ihn nur so. Außerdem ist er seit drei Jahren tot, und seine Tochter hat übernommen.)

Das Ritual geht so: Die Sehner schenkt sich ein Gläschen Zierfandler von einem ihrer Weingärten ein – Dilek holt sich ein Glas Wasser aus der Küche. Die Sehner liest vor und Dilek lauscht. Nachdem sie fertig ist, fragt die Sehner: »Und, Dilek, was meinst?«

Das war anfangs für Dilek schon ungewöhnlich, dass sie etwas anderes gefragt wurde, als wenn die Sehner was verlegt hatte, ob Dilek es gesehen hat, die Brille, das iPad.

Das Ritual geht so weiter, dass Dilek sagt, was sie meint. Außer, es ist eh alles klar oder sie versteht die Aufregung nicht, dann braucht sie auch nichts sagen.

Das Ende des Rituals geht so: Die Sehner sagt: »Na ja, ich schau ma des no amo an, des sitzt no net«, schenkt sich noch ein Gläschen Zierfandler ein und nimmt die Flasche auch gleich mit.

Am Morgen bevor die Zeit stehengeblieben ist, waren sie auch zusammengekommen. Frau Sehner hatte zu den

Plänen für die Neugestaltung des Grätzls einen Brief an das Bezirksamt verfasst, ein Plädoyer für Parkplätze, und den hat sie Dilek vorgelesen, nicht ohne Eifer in der Stimme.

Anders als die Sehner fand Dilek, die geplanten breiteren Gehsteige wären eine gute Idee. Und die zwölf Japanischen Schnurbäume, die sie pflanzen wollten: Ist doch hübsch so was, Bäume. Hübsch und Schatten! »Ja, und mehr Parkplätze, das ist überhaupt interessant, weil Sie haben doch vier Garagen?«

Die Sehner hatte ganze vier Sekunden gezaudert, je Garage eine Sekunde, bevor sie was erwidert hat.

Das könnt ja sein, dass der Japanische Schnurbaum leiwand sei, sie habe den gerade nicht direkt parat vor den Augen, aber den Wegfall der Parkplätze könne Dilek vielleicht deswegen nicht g'scheit einordnen, weil sie ja überallhin nur mit der Bim fahre.

Dilek hat den Schnurbaum auch nicht gekannt, der Name klang aber gut. Der schönste Baum (Name und Baum) ist die Platane. *Çinar.* Auf Deutsch und auf Türkisch. Da schon hatte sich Dilek also wieder in andere Gedanken geträumt gehabt, wieder zu ihrer Platane, während die Sehner weiter doziert hat über den Parkplatz als Symbol für Bewegungsfreiheit.

Das ist ja oft so. Interessiert dich ein Moment nicht zu hundert Prozent, assoziierst du dich weg zu einem interessanteren. Dilek hat sich vom Japanischen Schnurbaum im 18. Bezirk zu ihrer Platane in Kaleköy am Schwarzen Meer wegassoziiert und zu ihrem dreizehnten Geburtstag.

Der Sommer summt, die Ziegen grasen, ihre Glocken bömmeln. Das Mädchen sitzt im Schatten der Platane. Stell dir gern alles vor, auch Dilek. Bestimmt siehst du ihr Haar schwarz. Passt aber. Vielleicht musst du nachschlagen, wie eine Platane aussieht. Oder wo Kaleköy jetzt genau liegt.

Hast du Mitleid mit dem Mädchen, weil es auch an seinem Geburtstag Ziegen hüten muss? Hast du gar nicht daran gedacht, oder? Du musst aber kein Mitleid haben; Dilek hat heute mit den Ziegen und den Platanen und dem Blick aufs Meer erst einmal einen der guten Tage. Der noch besser wird, weil Tante Özlem später zur Geburtstagsfeier kommt.

Zu der angenehmen Erwartung gesellt sich aber bald die Mittagshitze und mit der Hitze eine unangenehme Unruhe. Dilek will ihre Tante fragen, ob sie mitkönne, mit ihr nach Trabzon und in Trabzon mit ihr leben, lesen, zur Schule gehen. Die Unruhe ist nicht nur die Frage selbst, die Unruhe ist, dass Dilek weiß, ihr Vater wird nicht zulassen, dass sie weggeht.

Dilek schwitzt, die Fliegen und die Glocken nerven, sogar die Ziegen scheinen unruhig. Naht ein Unwetter?

Dilek beginnt sich selbst leidzutun. Hier oben, alleine. Es ist doch ihr Geburtstag! Sie will es nicht so. Das will sie: ihren Blick aufs Meer mit ihrem Körper im Meer tauschen. Nicht auszuhalten die Hitze, trotz Platanenschatten. Beziehungsweise: auszuhalten schon, aber an ihrem Geburtstag will sie das nicht, etwas aushalten müssen.

Oder doch die Ziegen versorgen – dahinten die dunkle Wolkenwand? Ach. Sie wird schneller sein als das Gewitter.

So ein Durcheinander am Heizkörper von Frau Sehner,

gleich knallt die Heizkörperbürste auf das Parkett: Gleich springt das Mädchen ins Meer.

Im Hafen von Çarşıbaşı die Boote.

Draußen die Schaumkronen.

Im Norden die schwarzen Wolken.

Postkartenmotiv. Scharfkantiges Erinnerungspapier in der Brust.

Am Strand trifft sie Ercan. Sie kennen sich von der Schule. Er trägt den breiten Strohhut, wie er ihn heute noch in der Sonne aufsetzt, rührend und ein bisschen lächerlich.

Er grüßt – sie bittet ihn, Schmiere zu stehen am Wall. Pfeif, falls jemand kommt! Machst du das für mich, Ercan, ich brauche Abkühlung, ich muss ins Meer.

Klar macht Ercan das, wacht brav am Wall unterhalb der Uferstraße, schaut sich nicht ein Mal heimlich nach Dilek um, und nur ein Hund stakst vorbei, mager und argwöhnisch.

Dilek liegt lange auf dem Wasser und träumt. Du und deine Träume, Dilek. Das Meer küsst sie, Salz im Mundwinkel.

Die Wolke so schnell schon so nah. Raus.

Was sie heute noch vorhabe, fragt Ercan schüchtern.

»Großes«, sagt Dilek.

»Hier.« Er schenkt ihr einen Kamm, da setzt der Regen ein, und Dilek bedankt sich, Dilek läuft los, jetzt aber so schnell du kannst!

Vor den Wettern hat sie keine Angst. Nie gehabt. Stellt sich dann und dort trotzdem unter, der Wind so wütend. Wartet und wartet, macht sich Sorgen um die Ziegen. Vor wenigen Tagen in Çavuşlu: fünfzehn Stück vom Blitz erschlagen. Rennt also wieder los, den Berg hinauf durch den peitschenden Regen. Die Ziegen nicht da, Donner folgt Donner. Muss sie im Wald suchen, das dauert und dauert, sie findet sie alle, bringt sie sicher nach Haus.

Kommt zum eigenen Geburtstagsessen zu spät.

Als wäre es einfach, aus einem Leben zu steigen und in ein anderes zu springen!

Es erwarten sie keine harschen Worte. Es gibt, wie so oft, überhaupt wenige Worte. Vater hackt sinnlos Holz im Hof. Völlig durchnässt oder schwitzend oder beides. Sturmwütend jedenfalls.

Am gedeckten Tisch unter der bunten Girlande ein paar Gäste. Türme mit Schnitten von Revani Tatlısı, Türme mit Fleisch, Brot, Käse.

Wo ist Özlem?

Auf der Girlande reiben die Fliegen sich die Flügelchen sauber. Darunter die blasse Mutter, die Augen gerötet, »zieh dich um, Mädchen«, und folgt Dilek nach nebenan.

»Wo ist Özlem, Mama?«

»Ach, Dilek …«

»Mutter, was?«

»Sie wollte dir ein Geschenk machen, das dein Vater nicht annehmen konnte.«

»Was für ein Geschenk?«

»Du weißt es.«

»Sag!«

»Sie wollte dich mitnehmen, Dilek! Bei sich aufnehmen. Hat deinen Vater gefragt – er …«

»Warum hat sie nicht mich gefragt?«

»Dein Vater kann nicht auch noch dich gehen lassen.«

»Warum hat sie denn *mich* nicht gefragt!«

»Du könntest sie noch einholen.«

Das Haar der Mutter riecht süß nach Rührkuchen, und Dilek rennt wieder los, rennt an ihren verdutzten Gästen vorbei, lässt die gleichgültigen Fliegen hinter sich und den rufenden Vater.

Mutter und Vater und Özlem und die Ziegen leben nicht mehr, das Haus ist eine Ruine. Dreihundert Meter Luftlinie von der Ruine hat Ercan bauen lassen. Als die Zeit stehengeblieben war, hat Dilek überlegt, ob Vater und Tante Özlem sich auch dann in eine Ohrfeige und ein lebenslanges Schweigen hineingestritten hätten, wäre sie, statt auf dem Meer liegend zu träumen, pünktlich zur Feier gekommen und vielleicht auch zu einem anderen Leben.

Nein, das hätte nichts geändert. Diesen Vater nicht.

Sie ist Özlem so schnell hinterhergelaufen, wie der seifige Weg es zugelassen hat – so schnell aber lässt der Weg es nicht zu, sie stürzt, reißt sich beide Handflächen auf.

»Özlem! Warum hast du nicht mich gefragt?«

Beide bis zu den Knöcheln im Gatsch.

»Willst du mit?«

»Ja.«

»Dann komm mit mir. – Du blutest!« Özlem will ihre Hände nehmen.

Dilek macht einen Schritt zurück, sie will nicht getröstet werden und will sich auch nicht umarmen lassen und will auch keine Geschenke mehr. Ein Buch, in Zeitungspapier gewickelt, Dilek schleudert es den Hang hinab in die Büsche.

Özlem hätte sie fragen müssen, sie zuerst.

In Wien ist Dilek zum Schwimmen nur wenige Male, als die Kinder noch klein waren. Revani isst sie seit dem Geburtstag nicht mehr, und wie schön und anstrengend das Haar ihrer Mutter war. Özlem kehrte nach Kaleköy das erste Mal wieder zurück an dem Tag, als der Vater bestattet werden sollte.

Das Mädchen, hier noch mehr für deine Vorstellung: blutverkrustete Hände, sucht in der Abenddämmerung des bitteren Geburtstags nach dem Buch in den Büschen. Die Wut hat es weit geschleudert.

Beten, nähen, stricken, weite Distanzen zurücklegen – gute Stiefel waren das Wichtigste, und gute Augen für das ewige Halbdunkel. Umgeben von Milch, Holz, Honig, Gülle, Gemüse und so viel Gatsch. Und dort und dann manchmal vom Gefühl, die Zeit bewegte sich nur in den Büchern weiter, die sie las, und sonst: stand still.

Özlem, du und deine Rebellion, schau dir das Land heute an.

Als die Zeit stehengeblieben war, schob Dilek aus Kaleköy am Schwarzen Meer eine Marburger Spezialbürste aus Ziegenhaar in eine Heizung im 18. Bezirk und träumte von einem Tag, an dem sie das getan hatte, worauf sie Lust hatte, einen Sprung.

Das waren ihre Geschenke:

Ein Kamm.

Ein Schnitzmesser.

Wollhandschuhe.

Wollmütze.

Ein Buch. (Sie hat es nicht gefunden.)

Eine Brosche. (Eine Platane, behauptet Dilek. Sieht nicht mal aus wie ein Baum, sagt Fatih.)

Als die Zeit stehengeblieben war, zog Dilek die Bürste aus den Heizungsrippen und wusste, sie würde nicht zurückkehren nach Kaleköy, und das Haus, das Ercan bauen ließ, höchstens zu Besuch betreten, und niemals sich vor Ort beschweren, dass die Dunstabzugshaube noch nicht installiert worden war.

Das wird dir gefallen, Dilek.

Nein, Ercan.

Sie musste es ihm sagen. Heute noch. Dass sie sich selbst in keiner Zukunft von Kaleköy sah, weil sie sich zugleich auch in der Vergangenheit sehen würde, in Kaleköy. Und dass nicht immer andere die Entscheidungen für sie treffen konnten, die Hitze, der Vater, Özlem und, ja, auch du, Ercan.

Ach, wer wärest du ohne deine Dilek, mein Ercan? So viel hab ich dir abgenommen.

Was, wenn es nicht die Zeit war, die stehengeblieben ist, sondern das Herz?

Wenn das so gewesen wäre, dann hätte Dilek jetzt aber nicht an der Tür vom *Bureau* klopfen können und hereintreten und Frau Sehner erstarrt vorfinden über ihrer Tastatur mit einem so ein bisschen verbissenen Gebiss.

Dilek: Schreck, natürlich. Schütteln, Rufen und so weiter.

Frau Sehner: nichts.

Dilek lief weiter.

Im Diwanzimmer und dem Kaminzimmer war niemand, aber Gusti saß in seinem Zimmer ebenfalls vor dem Computer und war ebenfalls starr wie eine Gusti-Statue. Da hat Dilek eine erste Ahnung gehabt und zum Wecker gesehen, wo diese Punkte nicht mehr geblinkt haben, und der Wecker hat 10:45 angezeigt, und um circa 10:47 hat er immer noch 10:45 angezeigt, und da hat Dilek begriffen, dass Gusti wohl für immer einen krummen Rücken behalten würde und sein Zeigefinger in alle Ewigkeit die linke Maustaste drücken.

Immerhin beendete er sein Leben, dachte Dilek, mit der Sache, die er am meisten liebte: Monster töten.

Oder verfaulte der Körper trotzdem irgendwann? Dann würde der Gusti natürlich nicht für immer einen krummen Rücken behalten.

Fatih! Dilek hat ihn anrufen wollen, aber die Leitung war tot.

Sie war jetzt neugierig, ob die Zeit für alle stehengeblieben war, oder nur für sie. Für die ganze Welt konnte sie es ja nicht überprüfen, aber mal sehen, was auf der Straße los war.

Nichts.

Die Straßen waren leer, und ihr war kalt. Also die waren nicht wirklich leer, nur kamen die Menschen alle in der Ausführung *steif* daher, und das wirkte auf Dilek *leer.*

Leer, aber nicht still. Die Vögel benahmen sich in einer Weise, als hätten sie verstanden, dass die Welt jetzt ihnen gehört. (Katzen waren auch erstarrt.) Sangen und schimpften, es war die reine Freude und auch ein bisschen zu viel des Guten, fand Dilek. Eine Taube war zum Beispiel einer jungen Frau auf dem Kopf gelandet, Dilek hat die aber gleich verscheucht, das ging ihr zu weit.

Eine andere Frau hatte die Zeit erwischt, als sie aus dem Auto steigen wollte – ein Bein war schon heraußen. Sie trug einen kurzen Rock, also hat Dilek den ein wenig nach unten gezupft.

Je länger sie herumging, desto ruhiger wurde Dilek. Bist du der einzige Mensch weit und breit, der nicht so starr ist wie das Schnitzlerdenkmal, wo Dilek kurz überlegt hatte, was sie als Nächstes tun soll, dann ist das ganze Dings zwar ausgesprochen spinnert, aber nicht verheerend. Bis auf die Sorge um die Kinder und Ercan und bis auf die Kälte kam es Dilek sogar vor, als hätten sich die meisten ihrer Sorgen gerade erledigt.

Die Kälte wollte sie erledigen, indem sie von einer Dame im Türkenschanzpark den Mantel angezogen hat. Aber dann hat sie ihr den Mantel gleich wieder zurückgegeben, weil was, wenn die Leute zwar erstarrt waren, aber die Kälte noch empfinden konnten? Und dann hat sie den Mantel trotzdem wieder genommen.

Vor dem Auktionshaus sah ein Herr auf seine Taschenuhr. Er trug Mantel, gute Hose, gute Weste, Fliege und Hut! Sein Anblick, die Vergeblichkeit seiner Extravaganz, rührte Dilek. Er hatte auch in der Starre nichts von der schönen Übertreibung eingebüßt, und die Übertreibung hat den Schmähtandler in Dilek geweckt, und sie hat sich seinen Hut aufgesetzt.

Den brauchst nicht mehr, es regnet nie wieder.

Und wenn doch, so einer wie der besaß bestimmt neunundneunzig andere Hüte.

Außerdem ließ sie seine Taschenuhr mitgehen und den Koffer. Wobei das Fladern einer Taschenuhr der größte Blödsinn aller Zeiten ist, wenn die Zeit stillsteht, Dilek! Wobei, was heißt überhaupt fladern? Bleibt die Zeit stehen, gehört alles denen, die nicht stehen geblieben sind. So ist das.

Die Welt hatte sich lang genug an Dilek bedient, jetzt bediente Dilek sich an der Welt. Der Koffer steckte voller Briefmarkenordner.

Wieder in der Sehner-Villa hat Dilek sich eine besondere Briefmarke ausgesucht. Na ja, die Einzige aus der Türkei. Und aus ihrem Geburtsjahr, 1960. *Parlamentsgebäude, Ankara.* Um sie dann doch nicht zu nehmen, weil der Brief ja mit so einer alten Briefmarke gar nie angekommen wäre.

Sie hat dann eine von heute genommen: den Kopf vom Schnitzler. Erst da ist ihr wieder eingefallen, dass die Zeit stehengeblieben war, und wenn die Zeit stehenbleibt, dann gibt es gar keinen Grund, warum die Post nicht auch stehenbleiben sollte.

Den Brief hat Dilek trotzdem geschrieben. Auf Briefpapier, dem dicken, von den Sehner-Weingärten. Hat Ercan alles erklärt, ehrlich erklärt: *Nicht mein Glück. Du hättest das auch gewusst, hättest du mich gefragt. Ich komme dich besuchen, so oft ich kann.*

Sie hat Wasser in die große Sehner-Wanne eingelassen. Hat sich etwas von der Zeit zurückgeben wollen, die sie an der Heizung versäumt hat. Nicht als Luxus. Als Auszeit. Aus dem Bücherregal hat sie den Schnitzler geholt und in die Wanne mitgenommen, und der Schnitzler hat das geschrieben:

Als Albert um sechs Uhr früh erwachte, war das Bett neben ihm leer, und seine Frau war fort. Auf ihrem Nachttisch lag ein beschriebener Zettel. Albert langte nach ihm und las folgende Worte: »Mein lieber Freund, ich bin früher aufgewacht als du. Adieu. Ich gehe fort. Ob ich zurückkommen werde, weiß ich nicht. Leb wohl. Katharina.«

Da siehst du, hat Dilek gedacht und das Buch zugeklappt.

Hat in der Wanne gelegen und zur Decke gesehen.

Hat im Meer gelegen und in den Himmel gesehen.

Schafft ab die Knechtschaft des Menschen durch den Menschen!
Das ist unsere Einladung.

Leben! Jeder einzeln und frei wie ein Baum
und alle brüderlich wie ein Wald,
das ist unsere Sehnsucht!

Geflüstert.

Das Wasser abgelassen, ein Handtuch genommen.

Ist in das *Bureau* zu der Sehner hin und hat ihr mit Filzstift einen dünnen, aber schwungvollen Schnurrbart gemalt.

GEGEN DAS KIND IN MEMORY GEWINNEN

Georg Horvath steht vor den Mülltonnen im Hof und zögert: Ist das Piraten-Memory Restmüll oder Gelbe Tonne, oder ist das Piraten-Memory Papier?

Lange Zeit nahm es Georg Horvath mit der Mülltrennung nicht so genau wie Regina. Regina hat mal den Doppelkekszylinder aus dem Papierkorb in seinem (!) Arbeitszimmer rausgefischt und dabei nicht etwa gesagt: »Der Planet geht unter, und du wirfst den in den Papierkorb«, und trotzdem wusste Georg, dass sie genau das dachte, während sie ihm den Doppelkekszylinder, ohne was zu sagen, sprich vielsagend, zeigte. Das ist Telepathie unter lange Verheirateten, sollte man mal wissenschaftlich untersuchen. Fakt ist: Georg Horvath muss sofort was naschen, wenn er eine Excel-Datei öffnet.

Er hat inzwischen aber eine Doku gesehen, in der ein sympathisch aussehender Fisch an Plastik erstickt, und will es seitdem richtig machen mit dem Müll, zum Beispiel jetzt mit dem Piraten-Memory. Er steht vor den Mülltonnen und findet allerdings, es existieren einfach zu viele komplexe Verknüpfungen und unklare Beschichtungen. Ein bisschen wie im Familienalltag: Es ist schlicht unmöglich, all den Bedürfnissen, den eigentlichen Sehnsüchten, Reginas und

Pauls und seinen Launen und dreierlei Serienvorlieben zu entsprechen, wobei man bei Paul mit *Peppa Wutz* immer richtigliegt.

Der Pizzakarton ist Restmüll, es sei denn, die Käsereste sind restlos abgekratzt, dann ist er Papiermüll. Das findet Georg logisch und kratzt den Käse auch gerne weg – die Papiertonne ist die Tonne, die ihn am zufriedensten stellt, er faltet Kartons gerne zu handlichen, flachen Größen, das kann er, das kann er gut.

Jetzt aber Medikamente. Weil sie beispielsweise abgelaufen sind. Die kommen in den Restmüll, die Verpackung aber, behauptet Regina, ist gelbe Tonne. Das wollte Georg nicht wahrhaben, und, ehrlich, es war ihm auch zu blöd, im Ernst jetzt, dieses eine Mal, als er jede Tablette einzeln aus dem Blister in die Tonne gedrückt hat und Frau Schüle aus dem Zweiten ihm den gesamten Vorgang lang von ihrem Balkon aus misstrauisch zugeguckt hat. Ja, was glaubte sie, was er da vorhatte? Beweise vernichten?

Weil sich das Internet, wie über alles eigentlich, auch über die Handhabung von Medikamentenmüll nicht einig war, rief Georg Horvath die Stadtreinigung an, landete aber irgendwie bei der Stadtverwaltung und einem gutgelaunten Herrn namens Arne.

Georg weihte Arne in sein Medikamentendilemma ein, und Arne hätte gern weitergeholfen, war sich aber selbst unsicher. Also stellte er Georg durch – allerdings nicht zur Stadtreinigung, sondern zum Büro der Umwelt- und Klimasenatorin, Kathrin Moosdorf von den Grünen.

Auch dort meldete sich ein Arne, aber auch dieser, Arne

zwo, konnte zum Umgang mit abgelaufener Medizin nichts Seriöses beitragen, sich aber dafür den Kommentar nicht verkneifen, so ein Problem sei ja wohl kein Problem der Kommunalpolitik, sondern ein regeltechnisches und vielleicht noch gerade so ein philosophisches Problem. Womit er vor allem sagen wollte: nicht *sein* Problem.

Georg Horvath fand im Internet eine zweite Nummer von der Stadtreinigung, sein Anruf landete aber wieder bei Arne eins, der nun klang, als freute er sich ehrlich, Georg wiederzuhören, und das tut doch gut, wenn einer sich ehrlich freut, dass du ihn anrufst.

Arne mochte Musicals und hatte für den Abend eine Karte übrig für *König der Löwen* in Hamburg und bot die Georg an für 178,99 Euro.

Er habe leider keine Zeit, erwiderte Georg, dabei hätte er Zeit gehabt, bloß mag er Musicals nicht, und das wollte er Arne gegenüber nicht zugeben, um ihn nicht zu kränken. Georg Horvath glaubt, Musical-Fans seien leicht zu kränken.

Arne diktierte Georg eine dritte Nummer, und die war richtig, sodass Georg endlich mit der Stadtreinigung verbunden war, die Folgendes zu sagen hatte: »Bei Medikamenten: Hauptsache nicht ins Klo.«

Das Piraten-Memory besteht aus sechsunddreißig Karten. Ein Kartenpaar zeigt den Kapitän. Er ist Kapitän, weil er einen Mantel über seinem Ringelshirt trägt. Ein anderes Paar zeigt einen Matrosen. Er ist Matrose, weil er keinen Mantel über seinem Ringelshirt trägt. Die restlichen Kartenpaare sind Piratenkram und Schiffsinventar

Georg Horvath hat also die Schachtel geöffnet und wühlt in den Karten herum. Da der Säbel, da die Schatztruhe und hier: der Papagei mit der Augenklappe. Den hasst Georg am abgrundtiefsten.

Die Undurchschaubarkeit der Dinge verunsichert ihn. Dass so vieles so unergründlich ist. Stoffe und Verpackungen, Gefühle und Absichten anderer Menschen, oft auch die eigenen. Kärtchen mit dem Bild nach unten. Dass Markus ihm immer sonntags extra Arbeit reindrückte und Georg nie Nein sagte.

Georg Horvath steht vor den Mülltonnen im Hof und hält den einäugigen Papagei in die Sonne wie ein Goldgräber einen Kiesel, und just in dem Moment ruft Frau Schüle etwas von ihrem Balkon. Einen Gruß? Eine Drohung? Ausgeschlossen, diese Mengen im Leben gerauchter Gauloises zu verstehen.

Georg nickt, die Schüle schüttelt den Kopf und hustet wie ein Kohlekraftwerk.

Georg widmet sich wieder der Karte, und die Karte glänzt ihn an wie unter einer Plastikglasur. Wahrscheinlich müsste er das irgendwie mit einem Skalpell abschaben und getrennt entsorgen. Und auch die Schachtel, darauf wieder der Papagei, die ist hundert Prozent mit Kunststoff verstärkt, und von oben krächzt die Schüle: »Was isn des für ein Spiel?«

Paul mochte die Schüle, weil sie die einzige Erwachsene im Haus war, die ihn ignorierte. Also auch nicht mit Fragen nervte wie: *Was macht die Schule?* Oder: *Schmeckt dir dein Eis?* Manchmal warf sie ihm Gummibärchen vom Balkon runter. Besser gesagt, sie bewarf ihn mit den Bärchen und traf auch, was Paul superlustig fand und lachte, woraufhin sie ebenfalls lachte. Oder starb – das war an dem Geräusch, das sie machte, nicht eindeutig erkennbar.

»Monopoly«, sagt Georg. »Ist kaputt.«

»Wegwerfmentalität!«, hustet die Schüle.

»Wissen Sie, ist das Restmüll oder Papier?«

»Mir doch egal.«

Georg Horvath hat so ein nervöses Husten entwickelt, aber viel schlimmer als das nervöse Husten findet er, dass er sich antrainiert hat, das nervöse Husten zu unterdrücken. Und das tut er jetzt, Georg Horvath unterdrückt ein nervöses Husten.

Paul würde schnell auffallen, dass das Piraten-Memory verschwunden war, fast täglich will er spielen. Georg Horvath stellt sich vor, wie sein Sohn erst süß sucht danach, es natürlich nicht findet, und wie er irgendwann ihn fragt, wo denn sein Piraten-Memory sei. Auf diese Frage ist Georg lange schon innerlich vorbereitet, ist sogar für den Satz bereit: »Du musst besser auf deine Sachen aufpassen, Paul.«

Sein Sohn würde niemals vergessen, dass das Memory existiert hatte, dafür spielt er es einfach zu gern, aber er würde sich mit seinem Verschwinden früher oder später abfinden, und darauf kommt es in der Kindererziehung an: die Ausdauer zu haben, Tatsachen zu schaffen, ohne das Piraten-Memory neu zu besorgen.

Paul ist gut im Piraten-Memory, sehr gut. So unfassbar gut, dass Georg Horvath noch nie, kein einziges Mal, gegen ihn im Piraten-Memory gewonnen hat.

Und das machte ihn kirre.

Es ist nicht das erste Mal, dass Georg das Memory loszuwerden versucht. Vor Monaten hatte er es mal mit anderem Krempel zum Verschenken auf die Straße rausgestellt, mit Büchern, die nicht mehr gelesen würden, und Reginas Birkenstocks, deren Riemen links einen für Regina unerklärlichen und unwegschrubbbaren Fleck abbekommen hatte.

Als Regina mit Paul am Nachmittag nach Hause kam, hielt der Junge ihm die Memory-Schachtel wie eine Trophäe hin. »Guck mal, Papa, was ich draußen gefunden hab! So eins hab ich doch auch!« Und von der Schachtel grinste der Papagei.

Regina sah Georg mitleidig an, mit einer Brise von Werd-mal-erwachsen im Blick.

Seitdem befindet sich in Pauls Besitz quasi virtuell ein zweites Piraten-Memory, was die Entsorgung noch schwieriger macht. Dass eines verloren geht: gut, kann passieren. Aber beide auf einmal? An einen derart großen Zufall glaubt doch der naivste Achtjährige nicht. Georg Horvath steht vor den Mülltonnen im Hof, fest entschlossen, herauszufinden, ob sein Achtjähriger an einen derart großen Zufall glauben würde.

Ein Klassenkamerad mit so einem norddeutschen Namen – Joris oder Jannis oder Jonte – hatte Paul das Piraten-Memory geschenkt. Eine Weile wurde Paul von Joris oder Jannis oder Jonte in den Pausen geschubst, und das hat Georg auf einem Elternabend auch angesprochen, worauf die Lehrerin erwidert hat, ja, aber Joris oder Jannis oder Jonte schubst nicht nur Paul.

Seltsamerweise hatte das Georg etwas beruhigt, dass sein Sohn nicht irgendwie gezielt gemobbt wurde, sondern Joris oder Jannis oder Jonte sich einfach grundsätzlich nicht im Griff hatte.

Ein paar Tage nach dem Elternabend übergaben die Eltern von Joris, Jannis oder Jonte den Opfern kleine Aufmerksamkeiten. Wollten vielleicht Buße tun, weil ihr Kind so ein Aggressor war. Oder es sollten Schweigegeschenke sein, da sie weitere Übergriffe nicht ausschließen konnten. So viele Anlässe für Geschenke hatten sie sonst nicht, da Joris, Jannis oder Jonte nie jemand zu einer Geburtstagsfeier einlud.

Für Paul gab es das Piraten-Memory. Er spielt es am liebsten direkt nach der Schule. Georg glaubt: weil er runterkommen will von Druck und Stress. Regina glaubt: weil er immer gewinnt.

Regina hat noch nie Piraten-Memory gegen Paul gespielt. Sie hatte schon vor Pauls Geburt klargemacht, dass sie vieles im Leben ihres Sohnes gern regeln und regulieren werde, aber unter keinen Umständen werde sie mit verstellter Stimme eine Plastikbauarbeiterin eine imaginäre Baugrube in den Teppich graben lassen oder auf dem Spielplatz Matschkuchen essen. Regina brummt nicht Brummgeräusche eines Spielzeugautos, und sie sucht auch nicht gleiche Piratenkarten. Regina spielt nicht.

Als die van den Bergs, kurz vor ihrer Trennung war das, nach einem Abendessen und der vierten oder fünften anstrengenden Gesprächsstille vorschlugen, etwas zu spielen, »Wie wäre es mit einer Runde *Siedler?*«, schlug Regina

Migräne vor und legte sich hin. Und später, nachdem die van den Bergs weg waren, kam dann der Satz: »Man kann doch nicht *Siedler* spielen bei der ganzen Scheiße im Nahen Osten.«

Piraten und Brummgeräusche gehören zum Einsatzbereich von Georg, der auch nichts dagegen hat, Haushalt und Arbeit und Welt und sich selbst ein Spiel lang zu vergessen. Seit das Piraten-Memory bei ihnen eingezogen ist, kann er allerdings das Piraten-Memory nicht mehr vergessen.

Georg Horvath steht vor den Mülltonnen im Hof und überlegt, warum das Memory von Anfang an gebraucht ausgesehen hat. Die Kanten waren angehauen, ein Totenschädel hatte Tomatensoße im Mundwinkel. Er hält es inzwischen nicht mehr für undenkbar, dass ein uralter Piratenfluch auf dem Memory liegt, demzufolge kein Erwachsener jemals gegen ein Kind gewinnen wird, und dass sich die Eltern von Joris oder Jannis oder Jonte nicht anders zu helfen wussten, als das Spiel – und damit den Fluch – weiterzuvererben.

Gegen die Theorie mit dem Fluch spricht, dass Paul schon mal gegen Elke verloren hat. Das ist Reginas Mutter, und Georg Horvath findet es interessant, wie schon auch ehrlich hart, dass ausgerechnet eine Person gegen Paul in Memory gewinnen konnte, die neulich auf der Autobahn für zwanzig Kilometer Stau gesorgt hat, und als die Polizei gewaltbereit vor Ort erschien, stellte sie fest, Elke ist gar keine Klimakleberin, sondern barfuß aus dem Altersheim abgehauen.

Nach der circa fünfzigsten Niederlage hatte Georg eine Theorie: Nicht er sei ein furchtbarer Spieler, sondern Kinder für Memory per se besser geeignet als Erwachsene. Und siehe da, in der Sache war das Internet sich einig: Im Kinderhirn funkt es mehr als im Erwachsenenhirn, irgendwas mit Synapsen, das Kind merkt sich Details besser und damit auch, wo die gleichen Bilder versteckt sind.

Das Kind Paul merkt sich also sowohl, dass der Papagei rot, gelb und grün ist und eine Augenklappe trägt mit einem Totenschädel drauf, als auch, dass der Papagei die zweite Karte in der ersten Reihe ist. Der Erwachsene, Georg, merkt sich höchstens: »Erste Reihe war doch irgendwo der Scheißpapagei.«

Selbstverständlich ist er stolz auf seinen Sohn. Nicht, weil Paul etwas gut kann, sondern, weil er es von sich aus, ohne Kräfte zehrende Überredung, freiwillig ausübt. Und dieses Etwas nicht *Peppa Wutz* bingewatchen ist.

Georg Horvath wirft das Piraten-Memory nicht weg. Wegen der rauchenden Zeugin auf dem Balkon nicht, wegen der Mülltrennungsverunsicherung nicht, vor allem aber deswegen nicht, weil es doch wirklich blöd ist, jetzt reiß dich mal zusammen, Georg!

Er packt den Papagei wieder in die Box, winkt Richtung Balkon und kriegt ein Winken oder den Mittelfinger als Antwort.

In der Wohnung zurück setzt er Wasser für den Kaffee auf. Während das Wasser kocht, könnte er etwas anderes tun, aber er könnte auch warten und grübeln, also wählt er, wie jeder normale Mensch, Warten und Grübeln.

Was war die wichtigste Entscheidung, die dazu geführt hat, dass er in der Zeit, da er Wasser zum Kochen bringt in einem Altbremer Haus in Schwachhausen, nichts lieber tun will, als auf einen Wasserkocher zu starren? Durch eine Aussparung im Gehäuse sieht er die Bläschen steigen, das Wasser rumort.

Schön, denkt Georg Horvath: Physik.

Das Kind. Das Kind war die wichtigste Entscheidung – ihre gemeinsame Entscheidung damals. Alles andere als selbstverständlich zu dem Zeitpunkt bei Reginas beruflichem Ehrgeiz, die Leitung der Klinik zu übernehmen, und den vielen Dienstreisen von Georg, und man war doch fast vierzig schon!

Vater zu sein hatte Georg Horvath sich nicht als leicht ausgemalt. So naiv ist niemand, der Bekannte hat, die Kinder zum Brunch mitbringen. Georg genießt das auch, und es ist natürlich nicht Paul und auf keinen Fall ist es das Memory, die ihn jetzt starren und erstarren lassen vor dem Wasserkocher. Er selbst, er ist das.

Er, der so oft so spät von der Arbeit nach Hause kommt und dann wieder nicht der Vater und Partner sein kann, der er gerne wäre und den Paul und Regina verdienen. Er, der sich an Pauls Bett schleicht, und Paul hat das Memory aufgebaut und ist wartend eingeschlafen, und Georg kann an dem Tag also nicht mehr gegen seinen Sohn im Piraten-Memory verlieren. Das Einzige, was er noch kann, ist, ihn zudecken.

Georg gießt das Wasser auf und legt die Karten auf dem Tresen aus. Er will eine Runde gegen sich selbst spielen, er braucht ein Erfolgserlebnis. Skelette mit Degen und Dreispitz tanzen auf den Kartenrücken. Georg nimmt nun, während er noch immer über sein Schicksal nachdenkt, einen Schluck Kaffee, und das sollte man niemals tun, niemals sollst du über dein Schicksal nachdenken, kurz bevor du dir die Zunge verbrennst. Er zuckt zusammen, aus der kippenden Tasse stürzt Kaffee auf die Karten.

Georg wischt die Tropfen weg, aber ein paar kleine Flecken bleiben. Hier, links oben – Georg wendet die Karte: Es ist der Kackpapagei. Und hier, auf dem, interessant, das ist ja noch mal der Kackpapagei.

Kaum sichtbar. Gut unterscheidbar.

Und Georg Horvath? Georg Horvath hat eine Idee.

GEGEN DAS KIND IN MEMORY VERLIEREN

In den sechs Monaten seiner Elternzeit spielte Georg Horvath fast jeden Tag unter der Woche *Pokémon Go*.

Morgens *Pokémon Go* mit Paul in der Trage und Schweiß unter der Trage, und ab auf die Pokémon-Ostfront Bremens, Turtoks und Pikachus mit dem Smartphone jagen.

Mittags *Pokémon Go* und asiatische Nudeln *to go* mit Paul im Kinderwagen, es sei denn, Paul schrie, und Paul schrie im Kinderwagen nur dann nicht, wenn er schlief. Paul Horvath lehnte den Kinderwagen radikal ab.

Zwischendurch nach Hause, Paul auf dem mit Autos gemusterten Deckchen parken und mit nichts/buntem Zeug einzäunen, hoffend auf Schlaf/Verlangen nach dem bunten Zeug, damit er ein paar E-Mails beantworten konnte.

Seine Kollegen begriffen Elternzeit nicht als eine Auszeit für das Kind, sondern als eine Umständlichkeit für sie. Walter und van Sannen hatten zuvor die Messlatte auf zwei Monate tiefgelegt und kamen schon nach drei Wochen zurück. Sie waren völlig fertig, als wären sie nicht Väter gewesen, sondern ohne extra Sauerstoff den Mt. Everest auf einem Bein hochgeklettert.

Und dieses eine Mal an der Ampel, Georg hatte Babypaul nach einem Schreianfall in der Trage und warf gerade einen Master-Pokéball nach einem legendären Lavados, da hielt eine Fahrradfahrerin auf seiner Höhe und rief ihm zu, er halte sein Telefon zu nah an den Hirnströmen des Babys.

»An den was«, sagte Georg, ohne es als Frage zu intonieren.

»Den Hirnströmen?«, intonierte die Fahrradfahrerin es als Frage. Sie rührte sich nicht, obwohl die Ampel auf Grün geschaltet hatte, die Sache war ihr also ernst.

Georg Horvath findet es doof, wenn in Büchern jemandem »die Hitze ins Gesicht steigt«. Aber genau das, Hitze, fand an jenem sonnigen Norddeutschlandtag 2017 in seinem Gesicht steigend statt. Seine Wangen fühlten sich fast so heiß an wie seine Brust unter der Trage, und in dem Augenblick entwischte auch noch das Lavados.

So wie das Lavados sich mit glutsprühenden Flügelschlägen gegen Feinde wehrt, verspürte auch Georg Horvath das brennende Bedürfnis, sich gegen den Vorwurf der Fahrradfahrerin mit einem eigenen zu wehren, was man als Kind schon lernt zu vermeiden, um es als Erwachsener trotzdem ständig zu tun – es sei denn, man befindet sich in Gesprächstherapie, wie Regina und er, da lernt man, es wieder zu lassen, Vorwurf also nicht mit Vorwurf zu parieren.

Die Fahrradfahrerin und Georg befanden sich aber nicht in Gesprächstherapie, also war ein Retourvorwurf wieder okay.

»Ach, Gehirnströme? Und Sie fahren ohne Reflektoren!« Kam ihm als Erstes in den Sinn, wäre aber Unsinn gewesen; das Fahrrad war mit gleich sieben Reflektoren in den sieben Farben des Regenbogens bestückt, und das nervte Georg noch mal extra, weil für ein verkehrssicheres Fahrrad brauchst du keine sieben Reflektoren.

Dass die ihre Anschauung sogar mit Fahrradreflektoren reflektieren musste! Das kam Georg völlig überzogen vor. Reflektoren sind dafür da, dass dich ein LKW-Fahrer nicht plattmacht, und nicht, dass du den LKW-Fahrer überzeugst, *Gender Studies* an der Fernuni Hagen zu studieren.

»Ach, ja? Setzen Sie sich lieber einen Helm auf zum Schutz *Ihrer* Hirnströme und als Vorbild für die Kinder!« passte als Erwiderung ebenfalls nicht: Wer andere in der Öffentlichkeit anmotzt, trägt natürlich einen Helm.

»Ach, ja? Sprüche klopfen, aber an der Fußgängerampel nicht absteigen!« hätte Georg am meisten gefallen, weil das so eine Nischenregel ist und den meisten Verkehrsteilnehmern unbekannt, doch diese Verkehrsteilnehmerin schien sie zu kennen.

Seine finale Idee eines Vorwurfs war die: »Ach, ja? Sind die Hirnströme meines Sohnes ernsthaft Ihre größte Sorge, während die EU massenweise Menschen im Mittelmeer ertrinken lässt!«

Was für ein Glück, dass er die zurückgehalten hat! Wie unverhältnismäßig das gewesen wäre, menschliche Not und politisches Versagen in den Ring zu werfen gegen jemanden, der es, genau genommen, nur gut meinte mit deinem Kind. Zudem klagte von ihrer Satteltasche das Logo von *Sea-Watch* stumm die Welt an, heißt: Die Fahrradfahrerin engagierte sich gar selbst für Geflüchtete, wenn sie nicht gerade Väter an Ampeln anmotzte.

Statt all dem holte Georg Horvath tief Luft und rief ziemlich resigniert und ziemlich laut einfach nur: »Ach, ja?!«

Wenn Georg Horvath eines nicht ist, dann ein gleichgültiger Vater. Was also, wenn an der Sache etwas dran war? Nachdem die Frau davongeradelt war, googelte er sofort *Handy + Hirnströme*. Das Internet aber war sich auch hierin mal wieder uneinig.

Heute vertritt Georg Horvath diese These: *Weil* er die Hirnströme seines Sohnes in den frühen und prägenden Lebensmonaten mit dem Handy manipuliert hatte, ist sein Sohn so gut geworden beim Piraten-Memory.

Fast täglich *Pokémon Go*, außer am Wochenende. Georg Horvaths *gamer tag* war *GeorgHorwath*. *GeorgHorwath* griff die Arenen im Viertel vormittags an. Vormittags waren seine heftigsten Kontrahenten in der Schule und konnten sich schlecht wehren.

Die umkämpfteste Arena befand sich in der virtuellen Welt dort, wo in der echten ein Stolperstein zu finden ist, und sein hartnäckigster Gegner nannte sich *Fiete2006*. Mit *Fiete2006* lieferte sich *GeorgHorwath* bestialische Schlachten zwischen sechzehn und achtzehn Uhr, dann musste *Fiete2006* wohl zum Abendessen nach Hause.

Einmal traf er *Fiete2006*. Oder jemanden, der *Fiete2006* gewesen sein könnte: Ein schlaksiger Junge mit Brille stand gekrümmt über sein Handy vor der Waldorfschule in der Dijonstraße und wischte den pokémontypischen Spin mit dem Daumen über den Bildschirm, den auch Georg mustergültig beherrschte. Seine Schultasche war geschmückt mit *Pokémon*-Kletties. Er hatte die Tasche nicht abgelegt, wahrscheinlich um das Zocken keine Sekunde unterbrechen zu müssen.

Zu der Stelle, an der Fiete auf seinen Nackenschaden hinarbeitete, war auch Georg unterwegs. Ein Relaxo hatte dort gespawnt, ein sehr seltenes Pokémon, und im Kinderwagen schrie Paul. Paul schrie, aber so ein Schreien durfte auch mal kurz sein, ein Relaxo dagegen blieb, trotz seines Namens, nie lange auf einem Fleck.

Georg eilte über die Kreuzung und kam sich mit der Sirene Paul wie ein Mensch gewordener Notarzteinsatz vor, wobei das Einsatzziel darin bestand, ein blau-weißes, pandaähnliches Viech auf dem Handy zu fangen.

Er postierte sich direkt neben *Fiete2006*. Nötig war das nicht, der Sache dienlich schon. Der Junge sah nämlich konfus von seinem Bildschirm auf. Aus dem Nichts hatte sich ein Vierzigjähriger im Tweedjackett neben ihm materialisiert, im Schlepptau unbarmherziges Wehklagen aus einem Retro-Kinderwagen mit großen Rädern und umständlicher Breite – Reginas Wunsch übrigens, das lässt Georg nie unerwähnt, wenn der Kinderwagen Diskursthema wird.

Paul also schrie, und *Fiete2006* machte einen Schritt zurück, und zum ersten Mal, seit er Vater war, fand Georg Horvath sie sehr gut, die Lunge seines Sohnes. Sogar der Relaxo auf dem Bildschirm riss angsterfüllt die Augen auf.

»Konzentrier dich. Nicht, dass er dir abhaut«, nickte Georg wissend zum Handy des Jungen. Es waren seine ersten Worte heute an jemand anderen als Babypaul, der allerdings nie antwortete, was aber auch nicht sein Kompetenzgebiet war.

Fiete2006 wirkte mindestens unruhig. Da willst du dich mit *Pokémon Go* von der alltäglichen schulischen Desillusionierung erholen, zack, halber Opa und ganzes Geschrei tauchen aus dem Nichts auf, und golden glüht Nachmittagbremen.

Um ein legendäres Pokémon zu erwischen, musst du aber ruhig bleiben. Wenn Georg eines gelernt hatte beim täglichen Umgang mit Paul, dann das: Ruhe bewahren. Auch wenn Paul schrie. Das Schreien war ein fast heimeliges Geräusch geworden.

Paul Horvath schrie, und *GeorgHorwath* fing den Relaxo, und *Fiete2006* fing den Relaxo wohl nicht, da er fluchte. Vermutlich fluchte er, Georg verstand ihn nicht, Paul war einfach zu laut.

»Shht, mein Kleiner, Papa ist da, lieber Paul, shht.« Georg hob seinen Sohn aus dem Kinderwagen, worauf der sofort verstummte und seinen Vater anlächelte.

Am Abend, neben dem sachte sägenden Baby, fragte Georg sich, ob *Fiete2006* und die anderen, mit denen er regelmäßig um die Vorherrschaft an den Bremer Arenen focht – *WerderSamson*, *Klemmi1*, *UweTellkampf* –, ob sie ihn, *GeorgHorwath*, irgendwie … bewunderten. Seine Ausdauer, den täglichen Aufwand.

Rätselten sie: Wer war er?

Und: Wieso war er so gut? Die Antwort darauf lautete, wie die Antwort auf die meisten Fragen im Leben lautet: Weil er finanziell abgesichert war und Zeit hatte. Georg

Horvath kaufte in-game einfach alles, was es zu kaufen gab: Pokébälle, Glücks-Eier, Lockmodule. Alles, was half, einer der Top-20-Pokémon-Spieler Bremens zu werden.

Nach sechs Monaten Elternzeit hatte er fünfhundertsiebzehn Taubsis und vierhundertzwei Rattfratze gefangen sowie viereinhalb Kilo abgenommen, und das Telefon hielt er seit der denkwürdigen Begegnung an der Ampel so weit weg von Pauls Kopf, wie es ging. Sicher ist sicher. Und wie gut, wie gut! dieser Kopf gerochen hatte damals, der kleine Kopf unter seinem Kinn, an seiner Brust.

Am letzten Tag der Elternzeit, als Paul in die Kita kam, löschte Georg Horvath *Pokémon Go*. Nach und nach würde auch *GeorgHorwath* aus den Arenen verschwinden.

Dann installierte er es doch wieder und spielte während der Kita-Eingewöhnung weiter. Dann erst löschte er es.

Und installierte es noch mal.

Und löschte es wieder.

Warum fällt Georg Horvath das mit *Pokémon Go* Jahre später an einem Abend wieder ein, den er mit Regina verbringen wollte?

Weil er nicht nur Wein besorgt hat, den er für Reginas Lieblingswein hält, sondern er hat auch Sushi bestellt. Und wer steht vor der Tür und bringt das Sushi?

Fiete2006! In Lieferdienstkluft blass und müde! Und diese eine Millisekunde des gegenseitigen Erkennens, dieses Aufflackern der Überlegung: Sag ich was?

Georg sagt nichts und *Fiete2006* auch nicht, und Georg packt sofort die Lust, *Pokémon Go* zu spielen.

Er gibt *Fiete2006* acht Euro fünfzig Trinkgeld. Ja, üppig. Eine bewusste Entschädigung für den Relaxo damals.

Und warum will Georg den Abend mit Regina verbringen (außer, weil das wirklich mal dran ist, ein Abend zu zweit)?

Weil er die Idee mit dem Piraten-Memory an ihr ausprobieren möchte, bevor er sie auf Paul anwendet.

Regina ist im Kinderzimmer, bringt Paul ins Bett. Georg entkorkt den Wein, um ihn atmen zu lassen, und arrangiert das Sushi appetitlich auf den Tellern. Oder was er glaubt, dass Regina appetitlich finden könnte, ihr ist Symmetrie wichtig. Er zündet Kerzen an, und jetzt kommt Regina ins Wohnzimmer, und Georg umarmt sie und schlägt vor, heute mal keinen Film zu gucken im Bett, sondern zu trinken.

»Im Bett?«, fragt Regina.

»Tisch, dachte ich«, sagt Georg, der tatsächlich lieber im Bett getrunken hätte, Memory aber besser auf dem Tisch spielen kann.

»Was trinken wir?« Regina gähnt interessiert.

»Dornfelder.« Er zeigt ihr die Flasche.

»Von dem krieg ich blaue Zähne.« Regina lächelt und reibt sich die Augen. Sie ist zu müde. Gleich wird sie das sagen, glaubt Georg, und Regina sagt: »Find ich gut, Wein. Ich nehm schnell die Kontaktlinsen raus und zieh mir was Gemütliches an.«

Als sie wieder da ist, trägt sie Brille und die rosa Trainingshose, die Georg super findet, weil ihr Arsch darin arschgetreu abgebildet wird.

Sie stoßen an, sie trinken. Regina mustert Georg über den Brillenrand. »So, was ist denn los?«

Er hätte lieber, dass sie das nicht auf eine Weise formuliert, als erwarte sie ein Problemgespräch. Man wird doch als Ehepaar auch mal unproblematisch Wein trinken dürfen. Andererseits ist es auch für ihn ungewohnt, wie sie da einander gegenübersitzen an einem Dienstagabend, und es läuft sogar Musik. Eine irgendwie basisromantische Situation, findet Georg, jedenfalls kann seine Antwort jetzt auf keinen Fall lauten: »Ich dachte, wir könnten eine Runde Piraten-Memory spielen.«

Also fängt er doch von einem problematischen Thema an: Pauls Rechtschreibung. Beziehungsweise von seiner Ablehnung der Rechtschreibung, konkret der Großschreibung. Paul schreibt alles klein wie so ein Lyriker.

Es gab auch schon ein Treffen mit dem Deutschlehrer deswegen. Der wollte dem Ganzen keine allzu große Bedeutung beimessen, es sei ja erst die zweite Klasse und alles noch sehr spielerisch. Paul kenne die Regeln so weit, und dass er sie partout nicht anwenden wolle, sei zwar ungewöhnlich, aber noch nicht besorgniserregend.

Das sei allerdings nicht alles.

Paul habe inzwischen die ganze Klasse von seiner Agenda überzeugt, und jetzt weigern sich dreiundzwanzig Kinder, auch nur ein Wort der deutschen Sprache großzuschreiben.

»Es ist wegen Paul. Ich habe heute ein Video gesehen«, setzt Georg an, und Reginas Blick sagt gleich:

Ach, nö. Ach, nö, wieder das Kind.

Eigentlich ist es ein *Ach, nö* auch für Georg. Er würde Regina viel lieber ein Kompliment machen, als über Starsinn und Rechtschreibung zu reden. Für ihre Haare oder den Trainingsanzug. Warum ist es schwer, zu sagen: *Ich vermisse das, wie früher, bis in die Puppen sitzen und reden und nicht reden?*

Aber Georg sagt: »In dem Video hat ein Lernpädagoge über das *Growth Mindset* bei Kindern erzählt. Dass es gar nicht wichtig ist, dass ein Kind *jetzt* etwas kann oder etwas tut, was die Schule will, dass das Kind *jetzt* kann oder tut, sondern, dass das Kind weiß, dass es *jetzt* etwas kann, das es *früher noch nicht* konnte.«

»*Growth Mindset?*« Regina schüttelt den Kopf. »Jetzt klingen Pädagogen auch schon wie Unternehmensberater. Bei uns in der Klinik sind gerade welche unterwegs. Stecken die Nasen überall rein, *Growth Mindset* dies, *Leadership* das. Und alles, was sie zu sagen haben, wusste ich aber schon, nur wusste ich es noch nicht auf Englisch.«

Sie trinken. Georg kann jetzt natürlich unmöglich von dem Lernpädagogen weitererzählen, muss aber dennoch an ihn und an seine dunkelgrüne abgerockte Cordjacke denken. Die Jacke trägt er in all seinen Videos. Weder der Lernpädagoge noch die Cordjacke lächeln je. Im Video von heute sahen sie noch trauriger aus als sonst, weil es wieder mal eine neue PISA-Studie gab. Falls Paul und seine Klasse sich nicht wieder einkriegen, werden in der Zukunft auch sie nicht viel beitragen zu einem besseren Ergebnis für Deutschland.

»Was wollen die Berater denn?« Georg war froh, das Thema Paul unauffällig wechseln zu können.

»Sie suchen *Solutions.*«

»Lösungen?«

»Genau, *Solutions*.«

»Warum sagen sie nicht ›Lösungen‹?«

»Woran denkst du bei ›Lösungen‹?«

»An Probleme.«

»Siehst du. Deswegen sagen sie *Solutions*. Die wollen, dass du an Lösungen denkst und nicht an Probleme.«

Regina trinkt.

Auch Georg trinkt. Er weiß nicht, was er dazu noch sagen soll, also sagt er: »Vermutlich sagen die Jugendlichen heutzutage deswegen *nice* und nicht *schön*. Wenn sie *schön* sagen, klingt die Sache für sie gar nicht wirklich *nice*, sondern problematisch.«

»Richtig«, sagt Regina, was echt *nice* ist, weil Regina nicht so der Mensch ist, der anderen leichtsinnig recht gibt. Regina nickt so gut wie nie, während ihr Gegenüber spricht. Das hat Georg zu Beginn der Beziehung immens irritiert. Teilweise wusste er nicht, ob das, was er sagte, bei ihr überhaupt akustisch ankam. Geschweige denn, ob es *gut* ankam. Das war schon hart, auch in puncto Themenwahl: Redete er weiter, nachdem er die *Prototypentheorie in der kognitiven Linguistik* angesprochen hatte, ein Herzensthema, oder besagte das Nicht-Nicken, dass Regina die Prototypentheorie tendenziell eher egal war?

Die Antwort kennt Georg Horvath bis heute nicht.

Regina nippt am Wein. Darin, wie Regina am Wein nippt – erst nippt sie, dann ext sie –, meint Georg ihr eine freundliche Entschlossenheit anzusehen, diesen Abend mit ihm gut zu finden.

Er selbst geht kurz der Aussicht auf Sex nach. Wie wahrscheinlich der sein dürfte nach so einem hoffentlich auch weiterhin höflichen Gedankenaustausch. Wahrscheinlicher wohl als an Abenden, da jeder seins machte oder beide dasselbe, beispielsweise bei einem *Tatort* oder einem Gespräch über Paul wegpennen.

Georg Horvath und Regina von Stockhausen haben seit 2015 keinen Tatort zu Ende geguckt. Das liege an der prinzipiellen Müdigkeit von Menschen über vierzig, die sich in die eine Richtung um die Kinder kümmern und in die andere um die Eltern, meint Georg. Regina meint, es liege an der prinzipiellen Scheißigkeit von *Tatort*.

Da platzt aus Georg Horvath heraus: »Eigentlich wollte ich dir erzählen, dass ich beschlossen habe, zu kündigen.« Derart unerwartet platzt das auch für Georg selbst heraus, dass er verblüfft sofort »Wie bitte?« hinterherruft.

»Wie bitte?«, ruft auch Regina, worauf Georg noch mal, weil es ja auch ein bisschen lustig ist, »Wie bitte?« ruft.

Georg Horvath ist vieles: Sympathisant des Sprachspiels, Anhänger der Alliteration und ein Mensch, der gern »apropos« und »zum Beispiel« sagt.

Apropos Anhänger: Georg Horvath hängt sehr an seinem Besitz. Zum Beispiel an seinen Hemden. In seinem Kleiderschrank gibt es immer noch Hemden, die er während des Studiums getragen hat, also vor nun über fünfundzwanzig Kilo! Er hofft nicht, abzunehmen, das ist es nicht. Er kann die Hemden nicht wegschmeißen oder verschenken oder was, weil das doch seine Hemden sind.

Georg Horvath ist außerdem jemand, der Dinge fast

zwanghaft zu Ende bringt. Die Speisen auf seinem Teller, die Gedanken in seinem Kopf, oft auch die unwichtigen. Oder auch sein *Panini*-Album *2006 FIFA World Cup Germany*. Georg Horvath fehlt nur noch die Stürmerlegende Miro Klose. Er besitzt 967 Duplikate der anderen Sticker, findet aber niemanden, der Miro Klose mit ihm tauscht.

Blutgrätsche aus dem einen Forum, der hätte getauscht. Dem fehlte nur noch ein iranischer Torwart, den besaß aber Georg nur ein Mal. Daraufhin bot Georg *Blutgrätsche* fünfzig Euro für Miro Klose, und *Blutgrätsche* willigte ein. Also fuhr Georg mit Paul nach Hamburg. Die halbe Fahrt erzählte er seinem Sohn von Klose; was für ein guter und sympathischer Spieler das war und dass er auch mal für Bremen gespielt hatte. »Wie du eines Tages für Bremen spielen wirst, Paul!«

»Na ja«, sagte Paul.

»Das Kopfballungeheuer Paul Horvath!« Georg lachte, Paul lachte nicht. Er lachte deswegen nicht, weil das Kopfballtor, auf das sein Vater anspielte, ein Eigentor gewesen war und außerdem wehgetan hatte.

Das war nicht nett von mir, wusste auch Georg und wechselte das Thema auf Pauls Rechtschreibung.

Als sie bei *Blutgrätsche* ankamen, sagte der allen Ernstes: »Hab's mir überlegt. Ich will nicht fünfzig, sondern fünfhundertfünfzig haben.«

Bei aller Liebe!

Georg Horvath bestellt jede Woche fünfunddreißig Sticker (mehr ist nicht erlaubt) direkt bei *Panini Italien*, aber Miro Klose ist nie dabei. Miro Klose war der beste deutsche Stürmer seiner Generation, findet Georg Horvath. Und nein, eBay benutzt er nicht mehr, seit er dort nach Pauls Geburt eine Kuschelkoralle gekauft hatte, die niemals ankam, und das Geld kam auch niemals zurück.

Ach, die Saltos von Miro Klose!

Jedenfalls. Georg Horvath ist also so einiges, aber eines ist er ganz bestimmt nicht: jemand, der unüberlegt etwas beschließt. Zumal etwas so Großes! Und genau das hatte er gerade getan mit der Ankündigung der Kündigung. Und genau das freut ihn aber auch, Georg Horvath freut die Impulsivität, besonders da er mit ihrem Inhalt voll einverstanden ist: Er will seinen Job jetzt wirklich kündigen.

»Wo kommt das denn auf einmal her?«, fragt Regina.

Georg klopft sich auf die Brust und sagt: »Von hier!« Über dem Herzen, etwas dramatisch. Er legt danach die Hand auf den Tisch näher zu Regina, in der Hoffnung, dass sie die nimmt.

»Und seit wann weißt du das?«

»Ich weiß es genauso lange wie du«, sagt Georg. »Seit gerade eben.«

»Ganz schön spontan – und das ist jetzt keine Kritik –, für eine Sache, die uns beide und auch Paul betrifft.«

»Spontan war bisher immer gut für uns, Gina! New York, als wir die Nacht durchgemacht haben, tanzend bis zum Morgengrauen. Oder das Wildcampen im Harz – weißt du noch?«

Regina lächelt, Regina weiß es, aber Regina hat auch recht, als sie jetzt sagt: »Es ist schon ein bisschen was anderes, ob man im Harz wandert oder den Job kündigt.«

»Ich finde bestimmt schnell etwas anderes.« Georg muss sachlich werden.

»Das weiß ich«, sagt Regina und – schön! – nimmt jetzt tatsächlich seine Hand. »Ist denn etwas vorgefallen?«

Georg hatte Zeit, sich eine Antwort zurechtzulegen, er hat sich aber keine Antwort zurechtgelegt. Er könnte nicht einmal sagen, er sei nur unzufrieden mit seinem Job. Zweitjüngster Abteilungsleiter der Firmengeschichte, erfolgreich, respektiert. Er ist derart respektiert, dass seine Kollegen sich genau angemessen oft einen Scherz mit ihm erlauben – nicht zu selten, wie bei Kollegen, vor denen sie Angst haben, und nicht ständig, wie bei solchen, die sie überflüssig oder dämlich finden. Sogar der Vertrieb hält sich zurück, und Vertriebsleute sind ja einiges, aber vor allem sind sie Witzbolde.

Er hat ein Firmenfahrrad, seit die Firma auf Nachhaltigkeit macht, neben dem Firmenauto dazu.

Ein eigenes Büro hat er auch. Mit Tür, die man zumachen kann. Das ist ein Riesending, ein Büro mit Tür, die man zumachen kann. Sonst gibt es heutzutage fast nur Großraum, und wenn du alleine sein willst oder telefonieren oder meditieren oder schreien willst – und schreien willst du im Kapitalismus immer mal –, dann musst du in eine extra dafür eingerichtete Kabine.

Die in Georgs Rechtsabteilung heißt *The Calm Booth.* Sie steht in der Ecke bei den Klos, ist aber nicht weiter schlimm, dass sie bei den Klos steht, weil sie schalldicht ist.

Georg nennt sie für sich und neulich auch in einer Teambesprechung: Der Sarg. Fand niemand witzig.

Sarah, eine junge Kollegin, ist im Sarg ohnmächtig geworden. Das habe aber nicht per se mit dem Sarg zu tun gehabt, sagte sie später, ihr sei den ganzen Tag schon schlecht gewesen.

Es sei auch alles glimpflich ausgegangen, fügte sie hinzu, sie habe sich nicht mal wehgetan.

Sie habe sich nur deswegen nicht wehgetan, gab Georg zurück, weil im Sarg so wenig Platz sei. Da bliebe man stehen, auch wenn man umfalle.

Georg Horvath weiß, er ist ein guter Justiziar. Er macht es der eigenen Seite leicht und den Verhandlungspartnern schwer, ohne unsympathisch zu sein. Glaubt er. Der Deal mit dem Discounter in Düsseldorf? Danach hat ihn deren Rechtsabteilung trotz klarem Über-den-Tisch-gezogen-worden-Sein zum Inder eingeladen. Also eingeladen nicht, gefragt, ob er mitwill. Zahlen musste er selbst.

Trotz alledem ist er überzeugt: Die Entscheidung ist richtig. Er weiß aber auch, Regina braucht mehr als die bloße Überzeugung. Und er selber auch.

»Am Sonntag hat mich Markus wegen der Rewe-Sache angerufen«, hört Georg sich sagen. »Mal wieder am Sonntag. Es gebe noch drei, vier strittige Punkte, er schickt mir gleich die Unterlagen zur Prüfung.

Ich war gerade beim Fußballturnier von Paul, und genau da bricht Jubel aus. Ich sehe nur, wie Paul sich freut. Er hat ein Tor geschossen, Regina, und ich habe es nicht gesehen! Und du weißt, wie schlecht Paul ist; der schießt nie Tore! Und jetzt schießt er eins, und ich verpasse es wegen Markus!«

»Idiot«, sagt Regina ernst – und verführerisch, findet Georg, der leicht verführt ist, wenn Regina strenge Urteile fällt.

»Da war mir alles klar, auch wenn ich den Entschluss erst jetzt gefasst habe.«

Georg Horvath, dem das verpasste Tor des Sohnes wichtig ist, gefällt Georg Horvath. Dieser Georg Horvath stellt etwas Privates – Vaterliebe – unvernünftig leidenschaftlich über seinen Beruf.

Stimmt bloß nicht. Klar hat er es doof gefunden, das Tor zu verpassen. Er saß danach aber trotzdem auf der Tribüne und hat das gesamte nächste Spiel verpasst, weil er die Dokumente für Markus – auf dem Handy! – geprüft hat.

Das letzte Turnierspiel verlor Pauls Mannschaft vierzehn zu null. Georg hat das mal überschlagen: Bei einer Bruttospielzeit von zwölf Minuten hat der FC Schwachhausen im Schnitt mehr als ein Tor die Minute kassiert, was umso eindrucksvoller ist, wenn man bedenkt, wie oft der Ball in die Pampa gedroschen wurde.

»Du meinst es wirklich ernst«, sagt Regina und streichelt seine Hand.

»Ich meine es ernst«, sagt Georg, und in dem Moment wird es auch wahr.

Sie hält ihm ihr Glas zum Anstoßen hin, das aber leer ist. Georg beeilt sich, ihr nachzuschenken.

»Zum Wohl, Georg.«

»Auf uns.«

»Ich unterstütze dich, komme, was wolle. Ich hoffe, das

weißt du.« Regina sagt das derart ernst, dass es Georg Horvath wie eine Frage vorkommt, die er aber gerade nicht versteht. Er nickt bloß, und Regina nickt auch.

»Und jetzt?« Sie tut sich Sushi auf.

»Ich sage es Markus die Tage und mache es schriftlich.«

»Ich meine jetzt hier. *Uns*.«

»Jetzt essen wir Sushi und spielen eine Runde Piraten-Memory.«

»Du verarschst mich doch!« Regina prustet.

»Würde ich niemals wagen«, sagt Georg, was ironisch klingt, aber er meint es todernst. Er beginnt, die Karten auszulegen. Schon auf der zweiten verraten die Kaffeeflecken, dass sich dort der Papagei versteckt. Und direkt auf der nächsten noch mal.

Regina von Stockhausen beobachtet ihren Mann, denkt Georg Horvath.

Und sie deckt zwei Karten auf und wieder zu.

Georg deckt seine erste Karte auf, es ist der Kapitän. Er deckt die zweite auf, und siehe da: Es ist der Kapitän!

»Geht gut los«, sagt Georg Horvath.

»Wenn du gewinnst«, sagt Regina, »gibst du mir fünf Minuten und kommst dann nach ins Schlafzimmer.«

Was ist denn hier los?

Georg Horvath isst ein Lachs-Nigiri.

Er macht sich keine Sorgen. Jemanden mit seiner Erfahrung und so weiter. Er macht sich keine Sorgen, er erkennt auf Anhieb sechs Kartenpaare. Er macht sich natürlich Sorgen, Inflation, Umgewöhnung, er wird neue Kollegen kennenlernen müssen. Nicht jetzt darüber nachdenken.

Über Piraten-Memory nachdenken. Über das hier, über Regina und Georg.

Georg Horvath deckt die nächste Karte auf. Es ist der Anker. Unten in der Ecke wäre sein Zwilling.

Er deckt den zweiten Anker nicht auf. Er wird nach der Kündigung mehr Zeit haben, sich zu kümmern. Um den Haushalt, um Paul, um sich selbst. Was man sich in solchen Momenten großer Pläne dann alles eben so ausmalt.

Georg Horvath isst ein Thunfisch-Maki.

Er wird mehr Zeit für Regina haben, er wird mit Regina in ein Jazzkonzert gehen, man kann der Liebe wegen doch auch mal etwas machen, das man nicht versteht.

Er wird die Suche nach Miro Klose intensivieren.

Georg Horvath sitzt zu Hause, und das Zuhause gehört ihm und Regina. Und der Wohnzimmertisch gehört ihm und Regina, und die Kunst an den Wänden gehört vor allem Regina. Regina liebt Punkte und Striche, Georg liebt Vögel und Landschaften. Georg Horvath hat sich angewöhnt, Kaffee zu machen mit einer French Press.

Das Licht im Wohnzimmer ist »gemütliches Licht«.

Die Temperatur ist »warm, aber nicht zu warm«.

Regina macht das Fenster auf.

»Wenn ich alt bin«, sagt sie, »will ich, dass mir jemand, der dafür nicht schlecht bezahlt wird, eine Erbsensuppe kocht.«

»Oder ich«, sagt Georg.

»Oder du.«

Auf dem Wohnzimmertisch und »sehr gut in der Hand« liegt der Korkenzieher, ein Geschenk von Reginas Eltern.

Im Korkenzieher sind die Initialen von Regina von Stockhausen und Georg Horvath eingraviert.

Georg Horvath würde gerne Sex mit Regina haben, aber ohne dafür zu betrügen. Er muss ohne Hilfe der Kaffeeflecken gewinnen, aber wie soll das gehen? Er kann die Flecken ja nicht ignorieren, die Flecken sind allgegenwärtig.

Georg Horvath erinnert sich an Georg Horvath, der heute in seinem Büro bei geschlossener Tür saß und dachte: Es geht zu Ende mit mir, mit dir, mit uns, mit den Korallen geht es zu Ende, mit Kakadus und Küstenstädten, mit der Empathie, mit kleinen Bildern, die kleine Kinder für ihre Eltern gemalt haben, mit sympathischen Fischen, mit der Demokratie, mit Brauereien, mit gutem Stoffwechsel, mit dem Camembert-Schimmelpilz, mit Kniescheiben und Wäldern, es geht zu Ende mit der Zukunft und mit dem Weinanbau und mit der Börse und mit den Bären.

Was ist aber jetzt wichtig, Georg Horvath? Hatte Georg Horvath sich dann gefragt und hat eine Stunde früher Feierabend gemacht.

Regina deckt zwei Gleiche auf.

»Was ist, wenn du gewinnst?«, fragt Georg.

»Dann reparierst du noch heute Abend den Mülleimer.«

Der Mülleimer ist seit Tagen kaputt. Wenn man auf das Pedal tritt, öffnet sich der Deckel nicht.

Und Regina deckt noch mal zwei Gleiche auf.

GEGEN DAS KIND IN MEMORY UNENTSCHIEDEN HOLEN

Es ist Samstag, elf Uhr, und Paul Horvath hört seit drei Stunden *Peppa Wutz*-Hörspiele und malt mit Glasfarben die Fenster in seinem Zimmer mit Motiven aus dem Piraten-Memory voll, und jetzt kann er nicht mehr und schreit das raus, schreit aus vollem Hals: »Ich kann nicht mehr!«

Georg Horvath hatte gerade nach seinem Sohn sehen wollen und ihm eine Karotte bringen. Es ist wohl das Erscheinen des Vaters in der Tür, das Paul, kniend auf dem Fensterbrett, in den Augen begeisterte Langeweile, Farbflecken im ganzen Gesicht, brüllen lässt. Ein gutes Zeichen, hat Georg Horvath in einem Elternratgeber gelesen: Es sei zu begrüßen, wenn Kinder ihre Emotionen unmissverständlich zum Ausdruck bringen.

»Paul, was ist denn los?«

Es läuft gerade der Abspann von *Peppa*, und statt einer Antwort schreit Paul die Namen der Sprecher mit: »Ernst-August Schepmann!«, schreit Paul Horvath. »Petra Glunz-Grosch!«

Georg Horvath klammert sich an die Karotte. Statt den Samstagvormittag mit seinem Sohn zu verbringen, hat er ihn mit dem Kündigungsschreiben verbracht. Was gab es da überhaupt so lange zu überlegen? Ordentlich, fristgerecht, nächstmöglicher Zeitpunkt – fertig.

»Mir ist langweilig!«, verkündet Paul das Offenkundige. Eine neue Staffel *Peppa* startet. Sie trägt den Titel: *Edmund Elefant feiert Geburtstag*.

Bei der Karotte handelt es sich um eine saftige *und* knackige Sorte. Georg würde am liebsten selbst reinbeißen, tut es aber nicht, sondern sagt: »Mir auch.«

Es ist die Abschiedsformel. Wegen der Abschiedsformel braucht Georg so lange mit der Kündigung. Weil er die nicht als Formel, nicht floskelhaft formulieren will. Er sucht etwas, das Schlussstrich ist, aber ohne Groll. Das Dank ist, aber kein überschwänglicher. Und warum nicht auch ein bisschen witzig sein?

Und was hat er bisher?

Ich bitte Sie, den Erhalt der Kündigung schriftlich zu bestätigen.

Alles Gute!

»Magst du eine Karotte?«, sagt Georg.

»Ich hasse Karotten!«, sagt Paul. Das stimmt nicht, aber für Paul ist es gerade trotzdem wahr.

Georg Horvath will eine Abschiedsformel finden, die derart besonders ist, dass Veronika aus *People & Culture*, wie die Personalabteilung neuerdings heißt, sie in der *WhatsApp*-Gruppe *Nette Kollegen* teilen würde, obwohl sie das gar nicht darf. Er stellt sich vor, dass die *Netten Kollegen* ihn in vierzig Jahren bei der Beerdigung von einem von ihnen auf die Formulierung ansprechen: So inspirierend sei die gewesen, sie hätten damals am liebsten selbst gekündigt.

Eine merkwürdig eitle Vorstellung!

Es ist doch bloß eine Formsache. Aber so ist Georg Horvath: Worte haben ein Gewicht. Und der Job war eben nicht nur das, ein Job, sondern der Job, das waren zwanzig Jahre seines Lebens. Immer da unter der Woche und oft eben auch am Wochenende.

Wie von einer ihm nahestehenden Person, so sollte der Abschied ausfallen, überlegt Georg. Und mit der Karotte in der Hand weiß er nun: Ich bin selbst diese Person! Dieser Job hat zu mir gehört! Er muss sich also auch von sich selbst verabschieden. Als Justiziar und siebzehnmaliger Mitarbeiter des Monats in der Rechtsabteilung.

»Wollen wir etwas spielen, Paulchen?«

»Piraten-Memory!«, jauchzt Paul mit langgezogenem »y« und hüpft vom Fensterbrett, die schlechte Laune von eben wie eine Fata Morgana.

Georg Horvath liebt es, wenn sein Sohn spricht, wie andere Kinder sprechen, und vom Fensterbrett hüpft, wie andere Kinder vom Fensterbrett hüpfen. Es gibt für ihn keinen schöneren Vatergedanken als den Begriff *altersgerechtes Verhalten*.

»Bau schon mal auf, ich komme sofort.«

Im Arbeitszimmer liest er sich das Kündigungsschreiben durch und formuliert die Verabschiedung neu: *Ich möchte abschließend meinen aufrichtigen Dank aussprechen für die Kollegialität und Herzlichkeit, die ich in unserem Unternehmen erfahren durfte, sowie für die Gelegenheit, mich als Justiziar zu entwickeln und als Mensch voranzukommen.*

Als Mensch voranzukommen?

Er löscht das wieder.

Das Memory wartet auf dem Esstisch. Paul sitzt davor und vor einer Flasche Wasser und seinem leeren Glas vom Frühstück, und als Georg Horvath das Wohnzimmer betritt, sagt er: »Ich hab Durst.«

»Du warst heute noch gar nicht draußen.« Georg öffnet das Fenster.

»Du auch nicht«, sagt Paul.

»Nach dem Spiel machen wir einen Spaziergang, okay?«

»Wo ist Mama?«

»Sie hat heute Frühdienst.«

»Du fängst an«, sagt Paul.

»Der Jüngere fängt an«, sagt Georg.

»Wenn der Jüngere immer gewinnt, muss er nicht anfangen«, sagt Paul.

Georg lacht. Der Kaffeefleck auf dem Kartenrücken des einen Papageis sieht aus, als würde auch die Karte lachen. Die verschmitzten Augen, der u-förmige Mund. Die Rückseite des anderen Papageis trägt fünf Punkte wie Hemdsknöpfe.

Paul muss das doch auffallen! Andererseits, seit wann fallen Kindern Flecken auf?

»Ich mach dir einen Vorschlag, Paul. Falls ich diesmal gewinne, schreibe ich noch schnell einen Brief fertig, und dann gehst du mit mir zur Post und einkaufen, und das alles, ohne zu meckern, okay?«

»Das ist Erpressung!«

»Das ist eine Wette.«

»Was krieg ich denn, wenn ich gewinne?«

»Was hättest du gern?«

»Den ganzen Tag glotzen.«

»Checker Tobi?«

»Peppa Wutz.«

»Abwechselnd.«

Paul Horvath denkt kurz nach, sagt: »Na, gut«, und nach einer Pause: »Ich hab Durst.«

Georg Horvath zeigt auf die Flasche und zeigt auf das Glas und setzt sich seinem Sohn gegenüber. Paul gießt sich Wasser ein und kippt knapp dieselbe Menge noch mal daneben.

Kleine Unfälle im Haushalt ignorieren, sagt der Elternratgeber, keine große Sache machen aus zu Bruch Gegangenem, Angekritzeltem, Verlegtem. Statt der Vorwürfe und der Aggressionen – zu Selbstständigkeit und verantwortungsvollem Fehlerbewusstsein erziehen.

»Was sind das für komische Muster?« Paul deutet auf den Kaffeefleck, der wie ein kleines »X« aussieht. Auf den Säbel also.

»Schmutz«, sagt Georg. »Du musst besser aufpassen auf deine Sachen, Paul.« Und damit seinem Sohn keine Zeit zur Reflexion bleibt, deckt Georg schnell die ersten Karten auf.

Paul Horvath und Georg Horvath bei der Post. Das letzte Mal war Georg vor Weihnachten hier, und der Briefmarkenautomat war schon damals kaputt. Sie müssen sich anstellen, und Paul sagt: »Papa, du weißt schon, dass es eine App für Briefmarken gibt?«

Georg Horvath weiß das, aber er will sich nicht von

irgendwelchen Apps abhängig machen. Er verachtet die Tatsache, dass es für alles eine App gibt, für Einkaufen, für Sport, für Sex, für alles. Er will allerdings auch nicht, dass sein Sohn mitkriegt, wie er etwas verachtet, also sagt er, er wusste nicht, dass es eine App für Briefmarken gibt.

»Wir müssten dann nicht warten«, sagt Paul. In der Schlange stehen mindestens zwanzig Personen, und von sechs Schaltern sind zwei besetzt.

So eine kleine Wut sitzt jetzt in Georg an einem kleinen Lagerfeuer, so eine kleine Wut starrt in die Flammen, eine Wut nicht auf Apps, nicht auf das Warten, nicht auf Stellenkürzungen auf allen Arbeitsfeldern, vielleicht eine Wut auf ihn selbst.

»Komm.« Georg nimmt die Hand seines Sohnes, sie verlassen die Post. Die Idee ist nun, den Brief direkt in der Firma einzuwerfen. Ein schöner Spaziergang, teils an der Weser.

Die Sonne scheint. Weser, diese treue Brühe, spiegelt nichts. Am Ufer: Jogger, Jugendliche, eine Zeitungsleserin auf der Bank. Ein Kind zappelt schreiend auf der Wiese. Es ist unklar, was das Kind nicht will.

Die Mutter sagt: »Du wirst ganz schmutzig, Schatz.«

»War ich auch so?«, fragt Paul.

»Wie die Mutter oder wie das Kind?«

Paul grinst.

War Paul so? Georg erinnert sich an nur wenige ernsthaft anstrengende Begebenheiten. Allen voran an Pauls tiefe Abneigung gegen den Kinderwagen.

An die anderen erinnert Regina ihn gerne, wenn er zu

sehr ins Schwärmen über Paul früher gerät. »Aber du weißt schon noch, wie er auf die Flugbegleiterin gekotzt hat auf dem Flug nach Kreta?« So was kommt dann.

»Ja, aber das war der Virus und nicht Paul«, kommt dann von Georg zurück.

Vielleicht ist es eine Art Schutzvorkehrung? Das Vaterhirn verdrängt die kindlichen Wutanfälle etc., um genügend Platz zu haben für die Wutanfälle etc. der Pubertät?

Eher ist es so: Regina ist auch in dieser Sache eine Realistin und Georg ein hoffnungsloser, auch nachträglicher Optimist. Dafür kann er, wann immer er sie braucht, die erfreulichen Erinnerungen abrufen. Wohltuende Vokabeln, die er in seinen Alltagstext einfließen lässt, sobald es anstrengend wird. Sich im Büro – bei geschlossener Tür – Pauls Babybilder auf dem Telefon angucken. Sich im Bett, spät in der Nacht, aus der Schlaflosigkeit mit Pauls ersten Schritten im Video retten.

Das Geschrei des Kleinen auf der Wiese erinnert Georg daran, wie Paul das erste Mal *Nirvana* gehört hat. *Smells Like Teen Spirit*. Er konnte noch gar nicht richtig stehen, zog sich aber nach den ersten Riffs am Bücherregal hoch, wackelte mit dem Po, jauchzte beim Refrain, freudig entsetzt, dass so ein großartiger Krach in der Welt existierte und dass die Eltern dazu komische Kopfbewegungen machten. Niemals wird Georg das vergessen.

Oder wie Paul ihn umarmt, wenn er von einer Dienstreise nach Hause kommt.

Wie er das erste Mal von sich aus nach einem Buch greift und darin versinkt.

Oder wie Paul heute beim Memory »Warte mal« sagt, die beiden Stapel mit aufgedeckten Karten gegeneinanderhält und begreift, dass ihm mit den letzten beiden verbleibenden Paaren und seinem Vater an der Reihe die erste Niederlage blüht. Wie er dann Georg seine weiche Kinderhand reicht und ihm gratuliert. Ein Kindergenie, *Grandmaster of Piraten-Memory*, zollt seinem Herausforderer Respekt.

Georg nahm sich sofort vor, die kleine Hand in seiner nicht zu vergessen. Er ließ sie los und tat, was jeder souveräne Vater in der Situation tun würde. Er sagte: »Moment, warte. Mist! Wo war noch mal der Papagei?!«

Und Paul holte das Unentschieden.

Wie er gejubelt hat! Und auf dem Jubel huckepack eingewilligt, trotzdem alles zu machen, was er bei einer Niederlage hätte machen sollen, und es sind so viele Möwen an der Weser, Georg Horvath kann sich nicht erinnern, jemals so viele auf einem Fleck gesehen zu haben. Unbeschäftigt irgendwie. Gucken.

Georg Horvath findet, die Möwe ist ein heimtückischer und gleichzeitig außergewöhnlich adrett aussehender Vogel, dem ein Zylinderhut gut stehen würde.

»Weißt du, wo wir hingehen?«, fragt Georg.

»Spazieren ist nirgendwo hingehen.« Paul schmollt ein wenig, weil der Fußmarsch nun schon eine Weile dauert.

»Wir gehen zu meiner Arbeit.«

»Können wir den Vögeln was geben?«

»Wir haben nur dich dabei.«

»Papa ...«

Georg Horvath muss Paul bei Laune halten, und auch die Möwen neigen interessiert die Köpfchen, also sagt er: »Erst will ich die Sache mit dem Brief erledigen, Paulchen, in Ordnung? Danach können wir von mir aus alle Möwen der Stadt füttern.«

Recht bald ist es so, dass Paul nur noch quengelt – »Wann sind wir da, ich kann nicht mehr!« Also beschließt Georg, die Weser mit der Tram zu überqueren, und die Möwen überqueren die Weser ebenfalls, nur halt nicht mit der Tram.

Von der Brücke aus ist das Brauereigelände schon zu sehen. Georg Horvath macht seinen Sohn auf den Turm aufmerksam, in dem er die Tür zu seinem Büro zumachen kann.

»Und was machen wir da?«

Elternratgeber: Kinder in alle Belange des Familienlebens miteinbeziehen. »Der Brief, den wir zur Post bringen wollten?«, sagt Georg. »Der ist für meine Arbeit. Den habe ich geschrieben, weil ich die Arbeit kündige. Weißt du, was das bedeutet?«

»Nein.«

»Ich möchte hier nicht mehr arbeiten, also höre ich auf.«

Paul klopft gegen die Scheibe.

»Wie findest du das?«, fragt Georg.

»Was?«

»Dass ich kündige.«

»Gut. Du?«

»Ich hab ein bisschen Angst.«

»Musst du nicht haben, ich komm ja mit.«

»Danke, Paul.«

Sie steigen aus. Die Möwen sind auch mitgekommen, oder es sind jetzt andere Möwen, das weiß man als Laie bei Möwen nicht. Es sind jedenfalls viele.

»Kann ich auch mit der Schule kündigen?«, fragt Paul.

»Das geht nicht.«

»Wieso nicht?«

»Wie willst du was lernen?«

»Von dir. Wenn du nicht arbeitest, hast du doch Zeit.«

Die Vorstellung gefällt Georg.

»Ich werde eine andere Arbeit suchen müssen.«

»Wieso?«

»So läuft das eben, irgendwo muss Geld herkommen.«

»Die Eltern von Lotte arbeiten nicht.«

»Wie kommt das?«

»Weil der Opa von Lotte gestorben ist.«

»Willst du, dass Opa stirbt?«

»Nein.«

»Na, also. Schule kündigen geht jedenfalls nicht. Wenn du später eine Arbeit hast – die kannst du kündigen«, sagt Georg.

»Gut, das mach ich auf jeden Fall«, sagt Paul.

Georg Horvath wundert sich: Der Parkplatz ist für einen Samstag richtig voll. Ja, es gibt die Brauereitouren, aber eher Richtung Nachmittag. Je später der Tag, desto weniger schlechtes Gewissen hat man bei der Bierverkostung.

Am Empfang sitzt Silke, gebeugt über ein Buch. Und wie immer, seit zwanzig Jahren, wird Georg fragen, was sie liest, und Silke wird sagen, was sie liest, und Georg wird fragen: »Und?«, und Silke wird sagen: »Jo«, oder »Joah«, oder »Na ja«.

»Horvath! Heute mal Überstunden mit Kind? Grüß dich, Paul.« Silkes linkes Auge offener als das rechte.

»Moin, Silke. Was liest du?«

»Ulysses.«

»Und?«

»Joah.«

»Sag mal, was ist denn hier los heute?«

»Irgendein Fußballer.«

»Was macht der?«

»Willst du es ernsthaft wissen?«

Da ruft Paul: »Ist es Miro Klose?«

»Ja! Der ist es! Miro Klose!« Silke zwinkert Paul zu, und Paul will auch zwinkern, kann das aber nicht, also blinzelt er.

Silke besitzt nicht alle Zähne. Das fällt Georg auf, da sie Paul anlächelt. All die Jahre war es ihm nicht aufgefallen. Und Klose? Ein Scherz, glaubt er. Wie Erwachsene den Kindern, die nicht ihre eigenen sind, oft in hanebüchenen Behauptungen beipflichten.

Es ist aber kein Scherz: Im Sudhaus hält der Kultstürmer, Rekordtorschütze, die Kobra, der Killer, der Panzer, Miro Klose, einen PowerPoint-Vortrag. Es muss was für *People & Culture* sein, denn alle sind da: Hartmut, Frau Kühnel und auch Veronika, ihr Dutt in der ersten Reihe. Gut, kann Georg ihr die Kündigung direkt geben.

Auf dem Slide gerade steht: *Feedback von Kollegen ist am*

wichtigsten. Führungskräfte sowie Führungsspieler, wie ich einer war, kann man sich nicht backen, aber man kann sie ausbilden und formen.

»Führungsspieler, wie ich einer war«, flüstert Georg Horvath.

»Ist das Miro Klose?«, flüstert Paul.

»Die Kobra«, flüstert Georg.

Miro Klose klickt zum nächsten Slide: *Es ist ein tolles Gefühl, mit einer Mannschaft zu gewinnen, in der es keine Eitelkeiten gibt. Eine Firma ist wie eine Mannschaft. Man gewinnt zusammen, und man verliert zusammen.*

Georg Horvath will den Brief aus dem Rucksack fischen und raschelt und knistert mitten in eine Redepause von Miro Klose.

Es folgt einer dieser Augenblicke: Alle sitzen, einer steht, und der, welcher steht, hat sich nicht nur verspätet, sondern stört auch noch durch Krach. Also drehen alle Köpfe sich nach ihm um.

Aber interessant: Als die Köpfe realisieren, wer den Krach macht, nicken sie zum Gruß oder lächeln freundlich, und Georg Horvath würde lügen, wenn er später diese Szene nacherzählen und dabei behaupten würde, keine Gänsehaut gehabt zu haben. Du störst den Vortrag von Miro Klose, und die Leute freuen sich trotzdem, dich zu sehen!

Er zieht sich dennoch zurück in den Flur und raschelt dort weiter, hat den Brief jetzt.

Paul sieht ihm interessiert zu.

»Ist das der Kündiger?«

»Ja, das ist er.«

Georg Horvath liest sich noch mal die letzten Zeilen durch: *Ein paar persönliche Worte zum Schluss: Meine Zeit in unserem Unternehmen werde ich in guter Erinnerung behalten. Bekäme ich in der Vergangenheit noch mal die Chance, eine Berufswahl zu treffen, ich würde wohl nicht dasselbe wählen und bin trotzdem froh, diese Wahl getroffen zu haben. Ich wünsche allen Kollegen und dem Unternehmen erfolgreiche Zeiten.*

Viel zu pathetisch und nicht gut formuliert, und ehrlich ist das auch nicht. Zum Beispiel wünscht Georg Horvath seinen wahrscheinlichen Nachfolgern, van Sannen oder Walter, keine guten Zeiten. Und ob es dem Unternehmen gutgeht, das ist ihm jedes Jahr etwas egaler geworden.

»Was ist los, Papa?«

»Ach, das ist blöd.«

»Willst du nicht mehr kündigen?«

»Doch.«

»Was ist blöd?«

»Der Schluss ist blöd.«

»Welcher Schluss?«

»In Briefen verabschiedet man sich zum Schluss. Man schreibt zum Beispiel: *Mit freundlichen Grüßen*. Der Schluss ist wichtig.«

Georg Horvath sieht sich um, und Georg Horvath denkt: Georg Horvath sieht sich gestresst um.

Ihm ist warm, er schwitzt. Miro Klose trägt Sakko, Hemd und Turnschuhe. Miro Klose sagt: »Tore machen süchtig. Warum? Weil Tore Erfolge sind, und weil Erfolge süchtig machen. Wer süchtig ist, performt besser: Die Sucht will befriedigt werden.«

»Tschüss, Gemüs.«

»Was?«

»Tschüss, Gemüs. Das werde ich in dem Brief schreiben, wenn ich meine Arbeit kündige.«

Im Sudhaus ertönt der Schlussapplaus. Paul im Schlepptau, schreitet Georg Horvath zur Bühne, wo Miro Klose ins Publikum winkt. Miro Klose sieht Vater und Sohn auf sich zukommen – was für ein gütiges Miro-Klose-Gesicht Miro Klose hat!

»Autogramme machen wir drüben«, sagt das Gesicht.

»Nur kurz«, sagt Georg Horvath, »Miro, Herr Klose«, sagt er, »besitzen Sie zufällig, und haben ihn eventuell sogar bei sich, Ihren eigenen Sticker aus dem Sammelalbum von *Panini*, WM 2006?«

Miro Klose lächelt haargenau, wie Miro Klose lächelt. Eine überragende Freundlichkeit, wie ein radikal bunter Fallschirm, der sich auch öffnet!

Er greift nach seiner Geldbörse, und aus der Geldbörse holt Miro Klose den Sticker!

Stellt Georg Horvath sich vor.

In der Realität blickt sich Miro Klose etwas überfordert um. Georg erinnert sich nicht, das Kopfballungeheuer jemals überfordert gesehen zu haben.

Miro Klose gegen Saudi-Arabien 2002!

»Es tut mir leid«, sagt er. »Ich hab die nie gesammelt.«

Georg Horvath schämt sich sofort und setzt zu einer Entschuldigung an, da meldet sein Sohn sich: »Herr Klose, mein Papa ist ein Riesenfan von Ihnen. Und nur noch Sie fehlen ihm in seiner Sammlung von Fußballern.«

»Von Fußballern und Wappen«, flüstert Georg Horvath so leise, dass es nicht mal seine Lippen hören.

»Ich habe einen Vorschlag!« Paul gestikuliert mit beiden Händen wie ein Präsident. »Sie machen mit meinem Papa ein Foto, und mein Papa klebt das Foto in sein Album, statt dem Sticker.«

Georg Horvath hätte natürlich viel lieber den Sticker, aber das muss er jetzt, in diesem Augenblick, für sich behalten.

»Na, klar!«, ruft Miro Klose und entspannt sich etwas, um dann direkt das Miro-Klose-Fotogesicht zu machen, muss aber noch ein bisschen warten, weil Georg das Telefon für Paul entsperren muss usw.

So, und jetzt macht auch Georg Horvath sein Georg-Horvath-Fotogesicht, worauf Paul »Bitte recht freundlich« sagt und auf den weißen Punkt tippt.

Georg Horvath sieht seinen Sohn an. Lieber, selbstbewusster, einfallsreicher Paul! Ein Leben lang sollst du, lieber Paul, die Großschreibung nicht beachten!

Miro Klose sagt: »Was ist dein Lieblingsbuch?«

Georg Horvath sagt: »Alles von Kafka.«

Miro Klose sagt: »Ich meinte deinen Sohn.«

Paul Horvath sagt: »Ich spiele auch Fußball, aber wir sind sehr schlecht.«

Miro Klose sagt: »Das macht doch nichts.«

Paul sagt: »Na ja, wenn man immer verliert, dann macht das schon was.«

Jemand in einem sehr sauberen Trainingsanzug und Turnschuhen von der gleichen Marke gestikuliert zu Miro Klose, es sei an der Zeit, Bierflaschen zu signieren.

Miro Klose verabschiedet sich, was schade ist, Georg Horvath hätte gerne gehört, wie er zu Paul sagt: »Hauptsache, Fußball macht dir Spaß.«

Und wie Paul danach wahrscheinlich erwidert: »Na ja, es macht leider auch keinen Spaß.«

Georg Horvath sieht sich Georg Horvath und Miro Klose auf dem Foto von Georg Horvath und Miro Klose an, und in dem Augenblick kommt ihm der Gedanke: Was, wenn die Unternehmensberater in Reginas Klinik bestellt wurden, weil es der Klinik schlecht geht?

Es gab zuletzt immer wieder Berichte über Kliniken, die pleitegingen. Da kann er doch jetzt nicht kündigen! Vielleicht wollte Regina ihm das auch sagen, neulich beim Wein, oder sie hoffte, dass er selbst darauf kam, das hofft sie oft leider vergeblich. Dass es also gerade besser wäre, ein wenig zu warten mit der Kündigung.

Paul ist zu den großen Kesseln gewatschelt, die als Kupferriesen heiter in der Gegend stehen und nichts zu sagen brauchen, um beeindruckend zu sein. Röhre, Messanzeigen.

Drüben das Geklirre von Bierflaschen.

Der eine Georg Horvath holt den Brief wieder heraus, liest ihn sich noch einmal durch, steckt ihn zurück in den Rucksack und erklärt seinem Sohn das Brauverfahren.

Der andere Georg Horvath streicht den letzten Satz durch und schreibt darüber: »TSCHÜSS, GEMÜS!« Und gibt den Brief Veronika.

Der Türke, bei dem er manchmal nach Feierabend noch Gemüse kauft: Georg Horvath will dort Toast kaufen für die Möwen.

Möwen sollen keinen Toast essen, sagt Paul.

»Okay«, sagt Georg. »Dann geh bitte raus und frag die Möwen, was sie statt Toast haben wollen.«

Paul geht raus und fragt.

Paul kommt zurück und sagt: »Die wollen Pommes.«

»Hier gibt es keine Pommes«, sagt Georg.

Die Verkäuferin sagt: »*Al Arab* hat Pommes.«

Georg kennt *Al Arab* nicht, aber er ruft trotzdem: »Stimmt!«

Draußen warten circa siebzig Möwen. Georg Horvath schaut heimlich nach, wie sie am schnellsten zu *Al Arab* kommen, und dann ist *Al Arab* direkt zwei Häuser weiter.

Georg Horvath und Paul Horvath sitzen an der Haltestelle Westerstraße und verpassen schon die zweite Straßenbahn, weil sie die Möwen mit Pommes füttern. Immer mehr Möwen kommen dazu. Die anderen Wartenden gucken gelegentlich, was ist denn hier los?

Paul Horvath lacht, wenn Möwen um die Pommes kämpfen. Er lacht, wenn eine Möwe eine Pommes im Flug fängt.

Die Möwen sehen sauber aus und weich. Georg Horvath würde sich am liebsten in eine Möwe legen und ein bisschen schlafen. Allerdings machen Möwen auch unendlich viel Krach und sind bockig.

»Ich bin erleichtert, Paul.« Georg isst eine Pommes, worauf eine Möwe ihn schräg anguckt.

»Die Flecken auf dem Memory, hast du die gemacht?«, fragt Paul und schnippt zwei Pommes den Möwen entgegen, worauf gleich ein Dutzend Vögel in die Richtung harken. Unmöglich zu erkennen, wer am Ende erfolgreich ist.

Paul Horvath lacht.

»Pass auf, Paul, ich hab eine Idee.« Georg Horvath macht seinem Sohn einen pädagogisch fürchterlichen Vorschlag. So fürchterlich ist der Vorschlag, dass Paul, wahrscheinlich zum ersten Mal in seinem Leben, »Was, im Ernst jetzt?« sagt.

Ja, im Ernst.

Paul ist einverstanden.

Es konferieren und snacken vielleicht hundertzwanzig Möwen auf dem Bahnsteig.

Die Straßenbahn fährt ein. Türen öffnen. Müde Menschen, liebe Menschen, dumme Menschen, lustige Menschen, engagierte Menschen, barmherzige Menschen steigen aus.

Die Wartenden steigen ein.

Die Lichter neben den Türen blinken.

»Jetzt!« Georg Horvath und Paul Horvath werfen die restlichen Pommes in den Waggon, worauf ALLE Möwen – dieses GERÄUSCH! – hinterher ins Innere fliegen.

Die Türen klappen zu. Die Straßenbahn fährt los.

ES PFEIFT DER WIND BEI HOHLER SEE, NICHT MOND, NICHT STERN IST IN DER HÖH';
DOCH HALTEN FEST WIR IM GESICHT AUF FERNEM TURM DER HEIMAT LICHT, WOHIN WIR OFT UNS FANDEN

Diese Geschichte beginnt im *Inselkrug*, Helgolands ältestem Lokal. Im ersten Absatz betrete ich das Lokal und sage: »Guten Tag, ein Bier bitte.« Es ist der 6. April 2023, 16 Uhr 40. Hinter dem Tresen poliert eine Frau im *Metallica*-T-Shirt ein Teekännchen. Sie mustert mich – wie es im Text heißt – ›unangenehm lange‹, bevor sie ›mit kopfschüttelnder Stimme‹ sagt: »Setzn Sie sich doch erst mal.«

Einen besonderen Grund, den *Krug* aufzusuchen, gibt der Autor mir nicht. Was er mir gibt, ist keine Lust auf Treppensteigen. Der Fahrstuhl zum Oberland ist in der Geschichte sadistischer Weise außer Betrieb, und die anderen Lokale im Unterland öffnen erst um 18 Uhr, auch mein eigentliches Ziel: der liebenswürdig erfinderisch getaufte *Windjammer*.

Bier wollte ich eigentlich auch nicht trinken, ich wollte eine Limo trinken. Warum habe ich keine Limo bestellt?

Wegen der Luft. Die Luft im *Krug* ist so, wie wenn drei Männer am Tresen rauchen und jeder hält ein Bierglas umfasst, in dem sich die exakt gleiche Menge Restbier befindet. Da bestellst du keine Limo.

Die Geschichte geht so weiter, dass ich husten muss. Endlich wieder eine Raucherkneipe mit vergilbter Gardine, und was mache ich? Huste. Und weil sich das anfühlt, als hätte ich eine Prüfung nicht bestanden, verlasse ich das Lokal wieder und setze mich an einen der Tische vor der Tür.

Draußen bin ich der einzige Gast. Es ist kalt, unter fünf Grad, ›der Wind bohrt sich durch die Augen ins hintere Hirn‹.

Die Temperatur weiß ich, weil mein Telefon sich unter fünf Grad immer abschaltet. Das ist sonst auch blöd, aber heute besonders, weil der Wortwechsel mit der Wirtin mir unangenehm war und ich gern dumm auf das Telefon geguckt hätte, wenn sie mir das Bier bringt. Auf den toten Bildschirm gucken geht natürlich auch, ist halt bloß noch dümmer.

Während ich frierend auf die Wirtin warte, überlege ich, warum ich mir sicher bin, dass sie die Wirtin ist. Hier sind die Anhaltspunkte:

Wie die drei Biertrinker am Tresen meine Bierbestellung quittiert haben, indem sie nicht mich, den gastronomisch schlecht Erzogenen, angeguckt haben, sondern sie, die Erzieherin.

Wie sie selbst hinter dem Tresen aufragte, ein Fels mit der Aufschrift *Master of Puppets* auf dem T-Shirt in der Brandung aus Kippenrauch, das Gesicht von Falten durchzogen wie vom Seegras der Strand.

Wie sie mich zu solchen Vergleichen nötigt.

Mit der Stimme der Wirtin geht die Geschichte weiter, als ich draußen höre, wie sie drinnen sagt: »Das ist er. Ich fass es nicht. Ich fass es einfach nicht. Er ist zurück. Ich vergesse viel, aber bei dieser Sache hab ich ein Gedächtnis wie ein Elefant.«

Meint sie mich? Unwahrscheinlich. Ich kenne die Wirtin nicht, habe allerdings auch nicht ein Gedächtnis wie ein Elefant.

»Darf ich was Süßes?«, fragt ein kleiner Junge seine Mutter auf der Straße.

»Du hattest heute genug Süßes«, sagt die Mutter.

Da kommt auch schon die Wirtin, schau, Bier in der einen, Bierdeckel in der anderen Hand. Sie hat sich aufgrund fehlender Konkretisierung meinerseits natürlich für einen halben Liter entschieden. Den Deckel dreht sie aus dem Handgelenk punktgenau zwischen meine Hände auf den Tisch.

Während sie das Bier serviert, serviert der Wind, da die Wirtin meinem Gesicht nah ist, eine Brise ihres Schweißes. Das ist aber nur ein sensorisches Ding und hat mit dem Fortgang der Handlung nichts zu tun.

Die Wirtin friert ebenfalls, das beruhigt mich. Die Härchen an ihren Armen haben sich aufgestellt. Bei mir auch, allerdings nicht wegen der Temperatur, sondern weil die Geschichte ihren ersten Höhepunkt erreicht, als die Wirtin sagt: »Ich kenn dich. Du hast vor dreißig Jahren unser Schild geklaut.«

Ich reagiere darauf, indem ich einen Schluck Bier nehme.

Die Coolness entspricht weder meinem ängstlichen Naturell, noch passt sie zu meinem gewöhnlichen Umgang mit einer Anklage. Ich gehöre zu jener Sorte Menschen, die sich bei einem gegen sie geäußerten Verdacht auch dann schuldig fühlen, wenn sie unschuldig sind.

In der Geschichte frage ich sogar mit der überlegenen Neugier des Unschuldigen, was für ein Schild sie denn überhaupt meine.

»So ist das also?«, sagt die Wirtin. »Gut.« Mit ›flinkfestem Griff‹ reißt sie mir das Bierglas aus der Hand und lädt mich ein, in den Innenraum zu wechseln.

Ich finde, so wie die drauf ist, ist es weniger ›einladen‹ als vielmehr ›auffordern‹, aber gut.

»Ich würde lieber draußen bleiben«, sage ich.

»Wir bedienen nicht mehr draußen«, sagt die Wirtin und kehrt mit meinem Bier in das Lokal zurück.

In einer verworfenen Version der Geschichte lasse ich nun – aufgewühlt! – Geld für das Bier da und gehe weg. Die Wirtin aber sucht und findet mich, das ist ihre Insel. Mit meinem Bier in der Hand fragt sie, wovor ich weglaufe.

»Ich habe doch bezahlt«, antworte ich.

Sie wiederholt die Frage: »Wovor läufst du weg?«

Ich sage, dass ich nicht wisse, was sie meine.

Ich wisse es sehr wohl, gibt sie zurück. Meine Flucht sei ein Geständnis.

An dieser Stelle bricht der Text ab.

In der Variante, für die sich der Autor entschieden hat, folge ich der Wirtin ins Lokal und nehme an einem der

Tische im Innenraum Platz, worauf die Wirtin sagt: »Da nich. – Da.« Sie deutet zur Sitzgruppe in der Ecke.

Ich gehorche wieder und setze mich um.

Die Wirtin beäugt mich dabei, ›als sei ich ein modernes Gemälde und eine Gefahr zugleich‹ und sagt dann nur: »Doch.«

›Plötzlich‹ stürzt sie vor und ›bockt sich mit den Fäusten auf der Tischplatte auf‹. »Genau da!«, ruft sie. »Genau da bist du an dem Abend gesessen, als unser Schild verschwand.« Sie beschreibt mein Aussehen, meine Kleidung, sogar meinen Duktus. Ich hätte Pickel gehabt und langes Haar, und mein Deutsch sei sehr schlecht gewesen. »Das hört man ja heute noch, dass du kein Deutscher bist.«

Und dann erzählt die Wirtin. Sie spricht schnell, hat keine Fragen, blinzelt selten, ihre Augen schildert der Autor als ›zupackend und türkis wie Fleiß‹ – ich meide sie, meide ihren Blick, so gut ich kann, nehme kleine Schlucke vom Bier, meine kurzzeitige Souveränität von draußen ist wie verflogen.

Ich sei an dem Abend – Anfang Juli 1994 war es – früh im *Krug* eingetroffen und hätte eine *Sprite* bestellt. (Ich mag keine *Sprite*!) Ich hätte eine ganze Weile in einem Heft herumgekritzelt, bis sich ein paar Jugendliche von der Insel dazugesellten. Die seien es im Nachhinein gewesen, die ihr von meinem Interesse an dem Kneipenschild (Aha!) berichtet hätten, das angeblich geweckt worden war, als eine von ihnen, Stientje Rickmers, die Tochter von Hans Rickmers, erzählt hat, das Schild habe als eines der wenigen Dinge die Bomben der Engländer überdauert, die im April 1945 praktisch alles auf der Insel zerstört hatten.

Außer dem Schild heil geblieben waren nur noch die unterirdischen Gänge, wo sich die Inselbewohner versteckt hielten, der Bunker am Flakturm und der Maulbeerbaum in der Kirchstraße, ›zurückhaltender Trauzeuge für Liebende, die einander das Jawort schenkten unter seiner Haube.‹

Auch ein Hahn habe überlebt, aber das Zeitgefühl völlig verloren. Krähte nur noch gegen Mitternacht und wurde bald geschlachtet.

Der *Krug* sei dem Erdboden gleichgemacht worden, erklärte die Wirtin, ›nicht ohne Pathos‹. ›Am letzten aufrechten Mäuerchen, am Seidenfaden des Lebens, hing noch das Schild.‹ Nicht einmal verstaubt sei es gewesen!

Nachdem Helgoland evakuiert wurde, blieb das Schild dort, ›Emblem felsenfester Hoffnung, eines Tages zurückzukehren, um den *Krug* und die Insel wieder aufzubauen!‹ Dies hätten die Großeltern einander und ihrem Sohn (dem Vater der Wirtin) geschworen auf dem Schiff, das sie aufs Festland brachte.

Nach der Wiederbesiedlung wurde das Schild zu einem ›Identitätsausweis‹ von Helgoland, ähnlich bedeutend wie die ›Röte des Felsgesteins oder die Lange Anna‹. Es stand für die Kontinuität des Lebens auf der Insel und die Widerspenstigkeit der Insulaner und entsprach damit ihrem Selbstbild, resümierte der Autor reiseführerisch hölzern.

Er war sich an dieser Stelle tatsächlich nicht zu blöd für die Anmerkung, dass das mit dem Selbstbild zwar funktioniert haben mag, Helgoland von außen aber einfach als ein

Ort gesehen wurde, an dem du zollfrei und billig Alkohol und Kippen kriegst.

Nachdem der *Krug* den Kneipenbetrieb wieder aufgenommen hatte, lud das Schild zum Beisammensein von ›Trinkern und Traurigen‹ ein, von ›Schiffsleuten und Fischersleuten‹, von ›Musikanten und Musen‹. Später auch von Briten, wobei die nicht die am liebsten gesehenen Gäste waren.

In der Geschichte nimmt die Wirtin mir vis-à-vis Platz. Sie erzählt aber nicht mehr vom Diebstahl des Schildes, sondern von den letzten Kriegstagen auf der Insel im April 1945.

Von ihrem Vater erzählt sie. Dreizehn Jahre alt, guter Schwimmer. ›En moager Djong‹, sagt sie, ›spricht es zärtlicher als alles zuvor‹. Sein Spielplatz an vielen Kriegstagen sei der unterirdische Bunker gewesen, wohin die Insel floh, nachdem Sirenen die britischen Bomber angekündigt hatten. Handsirenen waren es zuletzt, die Soldaten bedienten sie, ein schabendes Gejaule.

»Ich höre die Sirenen«, sagt die Wirtin, »ohne sie je gehört zu haben.« Ihr Vater hatte ihr den Klang und alles andere beschrieben. All solches Erbe.

Am 19. April fielen die Bomben in einer noch nie dagewesenen Menge. Die Wirtin erzählt von den Gebeten im Bunker, vom Rieseln hinter den Wänden bei jeder Detonation: ›Wie in einer großen Sanduhr, welche die Zeit misst, bis zum nächsten Einschlag, bis zur Feuerpause oder bis zum Lebendig-begraben-Werden.‹

Und während die Wirtin weiter in die Erinnerungen ihres Vaters abschweift, lässt der Autor auch mich abschweifen, ›um über die Sirenen, die Explosionen und mein eigenes unterirdisches Versteck im Krieg nicht nachdenken zu müssen‹.

Als würde das so funktionieren, aber gut.

Die Abschweifung wird im Text durch eine sogenannte Binnenerzählung vollzogen, eine Träumerei meinerseits, mit jener erwähnten Stientje Rickmers als Protagonistin. Ein Helgoländer Mädchen, ach, eine junge Frau eher, ich weiß nicht, siebzehn oder achtzehn Jahre, helles Haar, geflochten, helle Augen, dunkles Lachen. Ihre Beschreibung, obwohl rudimentär, reicht aus, dass ich sie mir gut vorstellen kann.

Mich stelle ich mir so vor, wie die Wirtin mich beschrieben hatte: Pickel, langes Haar, all das stimmt ja.

Es ist Nacht in der Binnenträumerei, und Stientje und ich sitzen unter dem Leuchtturm. (›Schlafende Vögel, elektrisches Sirren der Lichtanlage, die Streifen des Lichts in der Schwärze des Meeres wie Hoffnung in dunklen Gedanken.‹)

Ich stelle mir vor, wie ich zu Stientje – und Stientje ist ein schöner und für meine Ohren ungewöhnlicher Name –, wie ich zu ihr sage, dass ich Schriftsteller werden möchte und irgendwann auch eine Geschichte über Helgoland schreiben. »Weil ich Bücher cool finde und die Insel auch«, lässt der Autor mich erklären.

In Wirklichkeit würde ich so etwas eher sagen, um Stientje zu beeindrucken, so gut kenne ich mich schon.

»Schriftsteller, ist das nicht langweilig?«, sagt Stientje. Und über Helgoland schreiben, auch das sei nichts Besonderes. Bist du eine Insel, schreiben die Leute über dich. Vor allem die, die gar nicht von der Insel kommen. Heine zum Beispiel habe über Helgoland geschrieben, ob ich den kenne? Dass die See nach frischgebackenem Kuchen rieche, habe er geschrieben, das sei aber nicht mal sein eigener Gedanke gewesen, sondern von jemandem auf der Insel. Heine habe den nur notiert. »So seid ihr, ihr Schriftsteller!«

»Und du?«, frage ich. »Bestimmt Kapitänin.«

»Weil ich von der Nordsee komme? Boah, werd bitte mal *kein* Schriftsteller.«

»Na ja –«

»Stimmt aber.« Stientje grinst.

An der Stelle in der Binnenträumerei kommt Wind auf, ›warm und zart‹, und ›die See riecht nach Moos, Butterbrot und dem Flüggewerden von Spechtküken.‹

»Willst du sehen, wo Heine gebadet hat?«, fragt Stientje.

Wollte ich. Eher wegen Stientje als wegen Heine.

»Noch heute Nacht?«

»Was spricht dagegen?«

Alles spricht dafür.

»Na, dann los. Wir müssen rüber auf die Düne.«

So spät fährt die Fähre nicht mehr, aber selbstverständlich besitzt Stientje ein kleines Boot, das nach Benzin stinkt und uns hervorragend knatternd auf die kleine Insel bringt, die vor langer Zeit noch mit Helgoland eins war, bis eine Sturmflut den verbindenden Wall kappte wie die Nabelschnur.

Wir leinen das Boot am Dünenanleger an und staksen

über den Strand. Wir sprechen kaum noch, Stientje und ich, der Autor lässt offen, warum. Vielleicht haben wir uns nicht mehr so viel zu sagen, oder – das hoffe ich – es muss nichts mehr gesagt werden; die Nacht ist uneindeutig und darf so bleiben, und ›der hochgewölbte Himmel gleicht der Kuppel einer gotischen Kirche; wie unzählige Lampen hängen darin die Sterne, sie brennen hell und ruhig.‹

Nach einer Weile bleibt Stientje stehen und sagt, es würde absolut nichts dagegensprechen, dass Heine genau hier ins Meer sei – ist doch eine super Stelle.

Wir sehen uns an und ziehen uns aus und folgen Heinrich Heine in die Nordsee. Unter Wasser berühren unsere Hände sich zufällig, da hebt ein spektakulärer Vogel ab, flimmernd weiß vor der Nacht, und Stientje fragt: »Weißt du, was das für ein Vogel ist?«, und ich weiß es natürlich nicht, und Stientje sagt: »Ich auch nicht.«

Die Binnenerzählung ist damit zu Ende. Wir sind zurück in der Gegenwart, zurück im *Krug*, wo der mittlere Tresenmann ein Kännchen Tee bei der Wirtin bestellt.

»Nich zu spät für Tee?«, fragt der links.

»Jo«, gibt der in der Mitte zurück. Und nach einer Pause: »Mir ist danach.«

Worauf der links sagt: »Ich nehm denn auch eins.«

Was den in der Mitte zu dieser Anekdote veranlasst: »Wisst ihr, wo ich neulich in Cuxhaven war? Die haben so schicke Teestuben da, ich setz mich rein und bestelle, und die bringen mir ein Kännchen für eine einzelne Tasse!«

»Nein!«, rufen der links und der rechts.

»Doch!«, sagt der in der Mitte.

»Is nich wahr!«, sagt die Wirtin.

»Is wahr!«, sagt der in der Mitte und denkt nach. Nachdem er mit dem Nachdenken fertig ist, sagt er:

»Ein kleines Bier macht mich nie traurig. Ein kleines Teekännchen schon.«

Während die Wirtin den Tee zubereitet, sehe ich mich (auf Seite 11!) endlich ein wenig um im *Krug*. Das urige Interieur wird beschrieben, wobei der Autor hierfür ChatGPT bemüht hat:

›Das Neonlicht spiegelt sich in den Biergläsern wie funkelnde Augen von Katzen, die auf Beute warten. Der Geruch von Zigaretten vermischt sich mit dem Geruch von Männern und altem Holz. In der Ecke schnarrt ein alter Fernseher wie ein krankes Tier. Vergilbte Poster und verrostete Fischernetze bedecken die Wände. Tische und Stühle sind zerkratzt, die Polster haben Flecken. Die Möbel wirken erschöpft von all den Jahren im Einsatz. In dieser Kneipe auf Helgoland steht die Zeit still und nagt zugleich stetig an Dingen und Körpern. Die Dartscheibe spielt alle zehn Minuten eine kleine Melodie.‹

(Der Autor teilte der KI daraufhin mit, dass Fischernetze nicht rosten. Die KI antwortete: ›Das stimmt, Fischernetze rosten normalerweise nicht, da sie aus Kunststoff oder Naturfasern hergestellt werden. Ich bitte um Entschuldigung für den Fehler in meiner vorherigen Antwort. Hier ist eine korrigierte Version: Die Wände sind mit vergilbten Postern und alten Fischernetzen bedeckt, die von Salz und Seeluft gezeichnet sind.‹)

Die Wirtin bringt den Männern die Kännchen und setzt sich wieder mir gegenüber. Erst an dieser Stelle äußere ich mich zum ersten Mal zu ihrem Verdacht und formuliere so etwas wie eine Gegenwehr.

Es sei, sage ich, aus einem ganz einfachen Grund undenkbar, dass ich das Schild gestohlen habe: »1994 war ich nicht auf Helgoland.«

»Wo warst du denn?« Die Wirtin hat auf einmal eine Zigarette hinter dem Ohr stecken (Lektorat!), die sie nun hervorholt, um damit effekthascherisch auf die Tischplatte zu klopfen.

Statt nun so was zu sagen wie: Keine Ahnung, das ist doch dreißig Jahre her, räuspere ich mich, beginne einen Satz mit Also und drei Punkten und fasse mir ins Haar. Jede Regung und Geste suspekter als die vorherige. Und die Krönung dann, als ich, wider jegliche Not, »Also … Rimini, glaub ich«, sage.

Die Wirtin lehnt sich zurück und lächelt das erste Mal in der Geschichte. Siegesgewiss, soll wohl suggeriert werden.

›Plötzlich‹ haut sie mit der Hand auf den Tisch und ruft: »Das ist nicht wahr!«

»Alles klar, Ruth?«, singen die Männer am Tresen, womit wir endlich den Namen der Wirtin erfahren.

Sie hebt den Arm, und die Drei bleiben sitzen, vorerst. Sie trinken alle gleichzeitig einen Schluck Tee. (Wann hat denn der Dritte bestellt?)

Ein kleiner, schmutziger Hund betritt das Lokal, bellt, kratzt sich hinter dem Ohr und verlässt das Lokal wieder.

Die Wirtin sagt ruhig: »Heidelberg.«

»Heidelberg? Was ist damit?«, frage ich so beiläufig, wie ich es meiner Überraschung abluchsen kann. Bis jetzt wurde die Stadt nur in der Erzählerrede genannt.

»Du bist Jugo, und damals bist du aus deinem Jugoland nach Heidelberg gekommen.«

Das sitzt, weil es stimmt. Wer auch immer das bescheuerte Schild gestohlen hat, wird mir immer ähnlicher, dachte ich während der ersten Lektüre. Und dass das Ganze aber hoffentlich nicht so eine Doppelgänger-Geschichte sei. Ich wollte auf keinen Fall einen Doppelgänger haben, es war schlimm genug, eine Figur zu sein.

In der Geschichte ›legt die Wirtin nun die Karten auf den Tisch.‹ »Stientje hat es mir erzählt«, sagt sie. »Auch dass deine Eltern angeblich gar nicht wussten, dass du hier bist. Du hättest ihnen erzählt, du seist in einem Ferienlager.«

Ich war ziemlich enttäuscht von Stientje. Als Leser und in der Geschichte auch.

»Jetzt guckst du wie ein Seehund mit Sehnsucht«, die Wirtin lacht. »Keine Angst, sie hat dich nicht verpfiffen – sie ist eine Helgoländerin. Nicht mal deinen Namen hat sie verraten. Den brauche ich auch jetzt nicht zu wissen. Was ich brauche: das Schild zurück.«

Eine große Frau, große Poren, breite Stirn, Härchen an der Oberlippe. Ich erwarte, dass sie sich die Kippe ansteckt, es wäre der perfekte Zeitpunkt, aber sie steckt sie sich zurück hinters Ohr.

Ich kann der Wirtin nichts geben. Stur wiederhole ich – damals nicht auf der Insel gewesen und heute überhaupt das erste Mal usw. Es fällt mir immer schwerer, mir selbst zu glauben.

Die Wirtin pfeift jetzt kaum hörbar, worauf die Tresenmänner sich erheben und mit ihren Kännchen an unseren Tisch schlurren. Ich sitze mit dem Rücken zur Wand. Alle drei haben ihre Hemden bis obenhin zugeknöpft.

Die Wirtin sagt, sie wolle mir eine letzte Chance geben. Sie sagt nicht, was geschehen wird, wenn ich die Chance nicht nutze. Sie sei bereit, für das Schild zu zahlen. Ich solle ihr eine Summe nennen. Inflation und Corona und alles, aber ein bisschen was könne sie zusammenkratzen.

»Wir werfen auch was rein, Ruth«, sagen die Männer.

Es ist rührend, es ist schrecklich.

Falls das Schild unwiderruflich weg sei, bittet sie mich, ihr wenigstens zu verraten, wie ich es von der Insel bekommen hätte. Das bereite ihr bis heute schlaflose Nächte. Was hätten sie alle – ihr Vater und Freunde und Stammgäste und die drei Inselpolizisten – damals alles versucht, ›um zu verhindern, dass jenes Kleinod, welches die Zerstörung des Eilands überstanden hatte, das Eiland verlässt!‹ Die Fähren durchsucht, die Gasthäuser gefilzt.

Ich kann ihr nichts geben.

Ich habe nichts zu verstecken und nichts zu verraten.

Ich erfinde keine Geschichte.

Ob ich jetzt gehen dürfe.

Sie lässt mich gehen. Bleibt selber sitzen.

Ich verbringe vier Tage auf Helgoland. Ich sehe den Touristen zu und mache das, was die machen.

Ich spaziere zur Langen Anna, fotografiere die Lange Anna und spaziere von der Langen Anna um die ganze Insel wieder zur Langen Anna zurück. Der Autor erklärt nicht, was Lange Anna ist, und ich bin zu faul, um nachzuschauen.

Ich folge einer dreiköpfigen Familie zu den Hummerbuden und bestelle – wie sie – Krabbenbrötchen und Pommes. Eine Möwe klaut dem Kind die Pommes. Das Kind nennt die Möwe ein blödes Arschloch und bekommt neue Pommes.

Zwölf Rentnerinnen aus Osnabrück walken mit Walkingstöcken zu den Hummerbuden und bestellen zwölf Krabbenbrötchen mit Pommes. Ich warne sie vor den Möwen. Acht von zwölf bedanken sich.

Eine sagt: »Ja, ja, die Möwen.«

Der Katamaran aus Hamburg legt an. Ich sitze am Pier, damit die Ankömmlinge meinen, ich würde auf jemanden warten, und neidisch werden. Das ist etwas Feines, irgendwo ankommen und nicht allein sein.

Ich winke, als hätte ich jemanden erkannt. Die Leute sehen sich um, eine kleine Frau mit Brille winkt zurück. Dann gehe ich wieder.

Auf dem Rückweg kommen mir Vater, Mutter, Teenagersohn entgegen. Der Teenager sieht aus, wie mich die Wirtin beschrieben hat: Pickel, lange Haare. Er trägt ein gebatiktes T-Shirt, das fand auch ich als Sechzehnjähriger sehr lässig leider.

Ich folge den Dreien. Der Vater zeigt freundlich auf dies und jenes. Schau, da ist das Krankenhaus, aber hier würde ich nicht krank werden wollen. Schau, da sind die zollfreien Zigaretten, willst du eine Stange, höhö. Schau, die Buden, früher standen hier Fischerhütten, alle zerstört im Krieg.

Es ist nicht einfach, pubertierend auf Helgoland mit den Eltern unterwegs zu sein.

Die Frau fragt den Mann: »Wollen wir gleich in die Galerie oder erst Kaffee trinken, Schatz?« Sie fragt nur ihn, weil sie – im Gegensatz zu ihm – weiß, dass dem Sohn völlig schnuppe ist, was als Nächstes in diesem Urlaub oder überhaupt geschieht.

Ich überlege, den Eltern für den Kaffee den *Inselkrug* zu empfehlen. Wenn der Junge dort auftaucht, kriegt die Wirtin einen Herzkasper.

Der Junge sagt: »Wir waren doch schon vorgestern in einer Galerie.«

Ich kaufe einen zollfreien Eiergrog. In der Geschichte trinke ich jeden Tag Eiergrog (ich mag keinen Eiergrog!) und kriege jeden Tag Sodbrennen davon.

Ein weiterer *Running Gag* ist, dass ich überall Hummersuppe essen will, und sie steht auch überall auf der Karte, ist aber nirgends vorrätig.

Am Morgen des dritten Tages gehe ich bei einer vogelkundlichen Führung auf der Düne mit. Als wir die Stelle passieren, an der Stientje und ich (und Heine) ins Meer gegangen sind, hebt der gleiche spektakuläre Vogel wie damals schlank und elegant aus dem ›Halem‹ ab (das habe ich nachgeschaut, das ist einfach Dünengras). Das Gefieder ›weißer als Unschuld‹, die Beine lang, im Flug nach hinten gestreckt, ›eine Tänzerin auf dem Himmelsparkett‹.

Ich unterbreche den Guide, will unbedingt wissen, was das für eine Vogelart ist.

Er sieht durch sein Fernglas, und das ist so blöd: Wir bekommen in der Geschichte seine Antwort nicht mit! Diese Szene endet mit einer ärgerlichen Leerstelle! Die letzten Sätze lauten:

›Der Guide runzelt die Stirn. Die Unterbrechung hat ihn aus dem Konzept gebracht, er fängt sich aber und richtet das Fernglas auf den sich rasch entfernenden Vogel. Wortlos verfolgt er seinen Flug, da piept seine Smartwatch, worauf er das Fernglas wieder senkt, um nachzuschauen, wer da etwas von ihm will.‹

Ja, und das war's! Dahinter folgt eine Leerzeile! Und der Vogel kommt nicht mehr vor.

Am Abend wird ein Osterfeuer auf der Düne entfacht. In der Geschichte hatte der Vogelguide das Feuer etabliert, indem er über das Feuer geschimpft hat. Unmöglich finde er das, eine Unverschämtheit, so einen ›dämlichen Scheiterhaufen‹ am Rande eines Naturschutzgebiets anzuzünden. Das stresse die Vögel und sei genauso hirnrissig, wie dass der Nazi-Flugplatz auf der Düne noch immer in Betrieb sei. Ständig müsse er tote Vögel von der Landebahn kratzen. Er jedenfalls werde auf keinen Fall zum Osterfeuer gehen.

Ich gehe auch nicht. Allerdings nicht aus Gründen der Naturschutzsolidarität, sondern weil ich die Wirtin nicht treffen will. Sie wird bestimmt dort sein, nehme ich in der Geschichte an, ein Showdown am Osterfeuer. Womit mir als Leser sofort klar war – die Wirtin wird gar nicht dort sein.

Eine zweite Begegnung mit ihr hat es nach dem *Krug* nicht gegeben. Aber ›ich spüre überall, wo ich hinkomme, Blicke auf mir ruhen‹. Im Supermarkt gibt man mir zwei Mal zu wenig Wechselgeld zurück. Vor der Bunkerführung findet man meinen Namen nicht unter den Anmeldungen. Und der Töpferkurs, zu dem ich schon eine Zusage hatte, ist auf einmal ausgebucht.

Ich sage zu all dem nichts, ich will meine Ruhe.

Statt in ein Riesenfeuer zu starren und meine Lebensentscheidungen zu überdenken, irre ich durch die Straßen, während die Straßen sich leeren. Einheimische und Touristen setzen auf die Düne über, die kleine Fähre pendelt unermüdlich hin und her. Gelenkt wird sie vom schweigsamen Herrn Heinrichs, und warum müssen Fährleute in der Literatur immer entweder schweigsam sein oder Labertaschen?

In der Dämmerung sitze ich mit einem Eiergrog auf einem Mäuerchen am Falm und habe Sodbrennen. Auf der Düne lodern die Flammen, der Autor stellt den Himmel unscharf.

In einer, diesmal kürzeren, Binnenerzählung bedient sich der Autor wieder jener jüngeren Version von mir für die Geschichte. Sie sitzt auf dem gleichen Mäuerchen und schreibt eine Postkarte an einen ›Nico in Heidelberg‹.

Hallo Nico!

Schade daß wir nicht zusamen gehen auf Ferien. Ich hofe daß du auch ohne mich hast Spaß (wird schwer!). Hier ist sehr gut. Ich habe kenengelernt ein Medchen. Sie heißt Stientje. Sie ist zwei Jahren älter. Wir waren in eine Kneipe und spaziren und haben ein spektakuleren Vogel gesehen.

Viele Grüße aus Helgoland.
Saša

Aus der Binnenerzählung schrecken mich Kanonenschläge auf, ›ein Beat im Rhythmus meines Herzschlags‹. Hart in den Text schneidet der Autor die Seeschlacht zwischen einem dänischen Schiffsgeschwader und der österreichisch-preußischen Flotte. Zu sehen ist nichts – ›ein rein akustisches Gaukelspiel meines überreizten Geistes.‹

Was das genau soll, wird nicht klar.

Eines der Tresenwesen aus dem *Krug* ›löst sich aus den Schatten‹, schon thront es über mir und sagt: »Ich wollte dich nicht erschrecken.«

»Schon gut. Hörst du auch die Kanonen?«, frage ich.

»Die Dänen gewinnen«, sagt er. »Warum bist du nicht beim Osterfeuer?«

»Ich wollte zum offenen Singen«, lüge ich.

»Schön. Singen ist schön«, sagt er.

Ich hatte den Aushang am Morgen beim Bäcker gesehen: *Gemeindehaus, 19 Uhr 30.* Was das ist, offenes Singen, wusste ich nicht. Ein Chor, und alle dürfen mitmachen? Kirchliches

Zeug zu Ostern, vermutlich. Gemeindehäuser sind beklemmend, und ich singe beklemmend schlecht. Ich kenne auch kein einziges kirchliches Lied, und der Tresenmann sagt: »Ich begleite dich ein Stück.«

Am Gemeindehaus hält er die Tür für mich auf und bleibt draußen stehen. Ein Mann mit breitem Nacken und einem Gesicht wie ein freundliches Bügeleisen raucht eine unter dem Maulbeerbaum, der den Krieg überlebt hat. Ich trete hinein.

Die Wände des Gemeindesaales sind ›Holzoptik, vollflächig vertäfelt‹ und ›sehen aus wie die Wendung *Bei Regen Flohmarkt drinnen* riecht‹.

Das Licht ist ›greller als beim Zahnarzt‹.

Es stimmen sich ein: am Klavier der Pastor, drei ältere Paare ›in paarweise modellgleichen Fleecejacken‹ und die Wirtin. Natürlich. Die Wirtin nickt mir zu.

Der Pastor stellt sich vor. Der Autor beschreibt ihn als einen ›sanften Mittfünfziger, der für die Orgel, den Frieden und die Ökologie streitet.‹ Unsere Namen will er nicht wissen. Das ist gut: irgendwo neu hinkommen, und niemand nervt mit »Na, und wer sind Sie?«. Wobei er die anderen wahrscheinlich kennt, und vielleicht kennt er ja auch mich.

Das Liederbuch besteht aus DIN-A4-Blättern im Querformat, getackert. Warum dieses Detail betont wird, man weiß es nicht. Bei *mastodon* hat der Autor mal erzählt, er füge gelegentlich nur deswegen Sätze hinzu, damit der letzte Absatz auf der Seite glatt abschließt, also nicht noch die erste Zeile des nächsten Absatzes dranhängt.

Los geht es mit *Kumbaya, my lord*. Die ersten Takte komme ich mir vor, ›als sei ich im Schullandheim des Bischöflichen Internats »Maria Hilf« in Bad Mergentheim‹. Das ist sowohl ein schlechtes als auch unlogisches Bild: Ich kenne das Bischöfliche Internat »Maria Hilf« in Bad Mergentheim gar nicht.

Schon mit der zweiten Strophe bin ich besser drin. Gehöre jetzt selbstverständlich zu dieser singenden Gemeinschaft, obwohl ich talentmäßig selbstverständlich rausfalle. Ich verstehe so wenig vom Singen, dass ich nicht einmal weiß, ob ich nicht vielleicht sogar ganz gut singe.

»Das war schon mal prima«, sagt der Pastor nach *Kumbaya*, und ich als Teil der Gemeinschaft nehme das Kompliment an. Davon ermutigt beschließe ich, beim nächsten Lied nicht mehr so leise wie menschenmöglich zu singen. Und dann kommt *Amazing Grace*, und mir kommen die Tränen.

Was soll ich sagen?

Ich zitiere aus der Geschichte: ›Ich erinnere mich, singend, an die Sirenen. Ich erinnere mich an die Sirenen, von denen die Wirtin erzählt hat, die Sirenen ihres Vaters, ihrer Insel. Und ich höre, singend, die eigenen Sirenen.‹

Through many dangers, toils and snares,
I have already come;
'Twas grace that brought me safe thus far,
And grace will lead me home.

Der Autor lässt mich singend gerührt sein von einem Lied, das mir nichts bedeutet, und von Erinnerungen, die mir nicht gehören und sich mit meinen vermischen. Er erfindet mich gerührt auf Helgoland 2023 und bringt mich zurück nach Višegrad, 1992.

Wenn die Sirenen riefen, gehorchten wir. Unser Bunker war der Keller. Auch ich war vierzehn wie der Vater der Wirtin. Und so weiter.

Ich singe aus vollem Herzen. Ich singe ›inbrünstig‹.

Die Helgoländer sitzen im Bunker. Mitgebracht haben sie: Geburtsurkunde, Wechselwäsche, etwas Nahrung.

Im Bunker saßen der Vater und die Mutter der Wirtin lange nicht nebeneinander. Dafür oft in Blicknähe. Zwei Jahre lang, zwei Jugendliche. Geburtsurkunde, Wechselwäsche, Brot, Todesgefahr und verstohlene Blicke. Einmal saß zwischen ihnen die Familie eines Dachdeckers. Und der Dachdecker deutete die Blicke richtig und bot den beiden an, Plätze zu tauschen, damit sie nebeneinandersaßen. Wollten sie, schüchtern, wie sie beide waren, erst mal nicht, die Eltern sitzen doch gegenüber! Beim nächsten Bombenalarm überließ der Dachdecker ihnen wortlos seinen Platz und machte sie, vielleicht, zu Eltern der Wirtin. So die Erfindung: sich verlieben im Bunker.

Keine Erfindung: Der Dachdecker war im Widerstand. Georg hieß er. Hätte, mit ein paar anderen, die Insel ohne Gegenwehr an die Alliierten abgegeben, um ihre Zerstörung zu verhindern. Um Leben zu retten. Am Tag des großen Angriffs, am 18. April, kamen Georg und seine Frau Julia, bewacht von der Gestapo, in den Bunker. Ihre Kinder suchten sie panisch in den Gängen, während oben die ersten Detonationen zu hören waren.

In einer verworfenen Version der Geschichte begleiten die drei Tresenmänner und die Wirtin mich in den Bunker. Ob ich gezwungen werde, mitzugehen, oder es freiwillig tue, bleibt unklar.

Ich soll mich setzen, wo der Vater der Wirtin gesessen sei. Die Wirtin lässt eine alte Kanonenkugel den Tunnel hinabrollen und sagt:

»So klangen die Bomben.«

Ich hätte das dringelassen. Schon allein der Spannung wegen. Ich hätte mich sogar im Tunnel zurückgelassen, allein mit den Gespenstern der Vergangenheit. Nazis, Väter, Felsengeister, Dachdecker.

Der volle Name des Dachdeckers war Georg Braun. Georg Braun hatte die Insel retten wollen und wurde verraten und mit vier weiteren Männern am 21. April 1945 in Cuxhaven-Sahlenburg erschossen.

Die Opfer mahnen uns.

Die Todesurteile hatte Admiral Rolf Johannesson bestätigt, den die Marine bis heute in Ehren hält.

Der Autor lässt mich singend das vermisste Kneipenschild sehen. *Inselkrug* ist darauf zu lesen in alter Schrift, Schwarz auf Weiß. Er lässt mich singend die Wirtin sehen: ›Ein Mädchen, nicht älter als acht oder neun. Weiße Baumwollbluse, schwarze Schürze. Sie spült Gläser, scherzt mit den Gästen, rechnet jede Zeche im Kopf aus.‹

Im *Krug* darf mitgebrachtes Essen gegessen werden, und vor Feierabend gibt es für Stammgäste und alle netten Gäste noch ein Teekännchen umsonst, und jeder kriegt immer eins, das ist der Witz: Jeder ist nett.

Der Wirtin gehört der *Krug*. Sie hatte auch andere Träume, aber war das einzige Kind. Wie das so ist. Ein alternativloses Leben, behauptet der Autor. Und dass das Schild vielleicht für diese Alternativlosigkeit der Biografie stehe, und dann klaut ihr jemand das Ding.

Ich will jetzt wissen, was mit dem Schild ist.

Ich habe 1994 meinen Freunden erzählt, ich fahre in den Sommerferien nach Helgoland. Es war nicht Scham, es war so etwas wie Geltungsbedürfnis. Für mein Helgoland dachte ich mir Gerüche aus, Vögel, einen Sturm. Ich dachte mir die Farbe von Stientjes Haar aus. Fingierte für meinen Freund Nico eine Postkarte, musste lange suchen, bis ich in Heidelberg eine fand mit Meer als Motiv. Ich wollte etwas erlebt haben auf Helgoland, ich wollte davon erzählen, ich wollte jemand sein, der ein Kneipenschild geklaut hat.

Ich singe *Amazing Grace* im Gemeindehaus der Insel und weine auf getackerte DIN-A4-Blätter im Querformat.

Als wir fertig sind, klatschen wir Beifall und bedanken uns beieinander für den Gesang. Ich trete vor die Tür und sehe in die Sterne, und die Sterne riechen nach Bratensoße aus den umliegenden Lokalen, und die Wirtin sagt: »Ich glaube, du bist bereit.« Sie reicht mir eine grüne Kinderschaufel und verabschiedet sich aus der Geschichte.

Ich spaziere zum Hafen. Ich bin der Einzige, der so spät noch zur Düne übersetzen will, alle anderen kommen vom Osterfeuer zurück.

Drüben suche ich die Stelle am Strand, an der ich mit einem Helgoländer Mädchen geschwommen bin. Es sieht alles so ähnlich aus. Sand und Gras und See. Ich grabe einfach dort los, wo ich beschließe, zu finden, was mir aufgetragen wurde.

Ich grabe mit einer grünen Kinderschaufel im Sand. Am Handgelenk ein Armband aus bunten Plastikperlen, mein Sohn hat es für mich gemacht. In der Luft noch ein Hauch Osterfeuerrauch. Der Himmel vogelschwarmgemustert. Welche Vögel sind das? Möwen schlicht. Muss nicht alles spektakulär sein.

Es dauert, dann stoße ich darauf, da ist das Schild, und auf dem Schild steht:

Inselkrug.

›Ich lege mich auf den Sand. Der Sand ist kühl und leider auch feucht, also stehe ich wieder auf.‹

GRÜNDE EINER VERSPÄTUNG

Um halb war Mo immer noch nicht da und Zinke mischte zum bitteschön wievielten Mal die Karten und dealte sie an leere Stühle. Manuel, sonst Fels in der Brandung unserer, zugegeben, ohnehin windgeschützten Bucht der Doppelkopfsamstage, ging vor der Tür auf und ab wie so ein deprimierter Braunbär im Tierpark. Angesichts derartiger Hektik blieb mir nichts anderes übrig als auszusprechen, was alle ohnehin dachten:

»Na, wo bleibt er denn?«

Das Warten auf Mo nicht einfacher zu ertragen machte der Klimawandel, plus die Wohnsituation bei Frau Idzikowska unter dem Dach, plus Frau Idzikowskas Heidenangst vor Durchzug. Nicht nur die Weltmeere, auch Winsen an der Luhe stellte Hitzerekorde auf. In der Nacht waren – was? – fünfundzwanzig Grad? Aber Frau Idzikowska kam heute das dritte Mal aus der Küche, Hand im Nacken, und rief: »Zygmunt, mach die Fenster zu!«

Zinke wohnte seit einem Jahr wieder bei seiner Mutter, und solange das der Fall war, musste er ihre Gesichtspunkte berücksichtigen und die Fenster zumachen. Normal.

Wie seine Jobsuche sich gestaltete, darüber sprachen wir nicht. Mussten wir aber auch nicht, er wohnte ja noch hier, also gestaltete sie sich nicht bestens

Aus einem Fass, in dem Tradition drin ist, trinkst du weiter, auch wenn es fies schmeckt. In unserem Fall heißt das: Wir spielen jeden Samstag ab elf Doppelkopf bei Frau Idzikowska, mag die Welt auch buchstäblich brennen, wie heute, bei gefühlt fünfzig Grad. Unsere Klamotten behielten wir ausschließlich aus Rücksicht auf Frau Idzikowska an.

Wir. Außer mir sind das:

Manuel, ein kubanischer Altphilologe, seit seiner Kindheit eventuell illegal im Land, er weiß es selber nicht so genau.

Zygmunt, genannt Zinke, warmer Bariton mit Bereitschaft zum Guerilla-Gardening auf den Grünstreifen zwischen den Neubauten; ein Idealist, also schwer vermittelbar auf dem Arbeitsmarkt.

Und eben Mo, mein ältester Freund, ein Mann mit vielen angefangenen Ausbildungen und wenig Ersparnissen und einem Hausverbot im McDonald's Winsen.

Mo und ich haben schon in vier Städten zusammengelebt und werden in mindestens so vielen noch zusammenleben. Das Würfelglück entscheidet, wo. Das nur nebenbei, falls du dich fragst, wie wir in Winsen an der Luhe gelandet sind.

Mo ist jemand, der auf Geschichten als Kraftquelle des Miteinanders vertraut. Der also nicht »Ich weiß« sagt, sondern: »Und dann?«

Oder: »Wie kann man sich das vorstellen?«

Oder: »Was wir denken, ist niemals Hirngespinst.«

Oder: »Und andersherum?«

Oder: »Ich setze auf die Gegenwart, so wie man eine bedeutende Summe auf eine Karte setzt, und suche sie so hoch zu steigern als möglich.«

Wenn Mo zu spät kommt, dann muss es dafür einen gottverdammt guten Grund geben.

Fast hätte ich Frau Idzikowska vergessen. Unsere Gastgeberin gehört vollumfänglich dazu, und nicht nur, weil sie die Gastgeberin ist. Sie gehört dazu, weil sie vollumfänglich super ist. Schon allein beruflich super als Krankenschwester.

Von Doppelkopf versteht sie nichts, aber eine Zeitlang spielten wir zum Warmwerden *Biblisches Stadt-Land-Fluss* mit ihr, und Frau Idzikowska vernichtete uns jede Runde schlimmer als Josua und die Posaunen die Stadt Jericho.

Ohne Frau Idzikowska gäbe es unsere Doppelkopfsamstage gar nicht. Genau genommen ohne ihren Ex-Mann, dieser Arschgeige, der sie und Zinke an einem Samstag telefonisch verlassen hat.

Telefonisch!

Frau Idzikowska brach zusammen vor hauptsächlich Schmerz und etwas Freude, bei Zinke überwog die Freude.

Wir waren nur zufällig da, hatten Zinke abholen wollen oder so was, blieben dann aber, Ehrensache, den ganzen Tag da. Trösteten Frau Idzikowska mit Worten und einem gemeinsam zubereiteten Braten. Am Abend bat sie uns dann, am nächsten Samstag wiederzukommen, damit sie nicht allein sein musste.

Brutal emotionales Anliegen. Und Samstag, der schwierigste Wochentag, um allein zu sein. Wir versprachen, jeden Samstag für alle Ewigkeit zu kommen, worauf sie sagte: »Das muss dann vielleicht auch nicht sein.«

Vor den Fenstern weißeste Häkelgardinen und auf dem Fernseher geschnitzte Marienfigürchen und beruflich diverse Badeenten.

Zinke liebte wenige Dinge, die aber richtig, und darunter fiel auch seine Mutter. Und wir, wir liebten Zinke, also war das Schwitzen auch am heutigen Samstag: alternativlos.

Alternativlos war auch der Braten, den es seit dem ersten Samstag jeden Samstag gab. Man roch jetzt das Schmoren der Zwiebeln in der Küche.

Ist niemand zu spät, gestalten sich die Samstage gleich und unaufgeregt. Du triffst dich zum Doppelkopf ja auch nicht für den Nervenkitzel oder um andere Singles kennenzulernen. Zum Doppelkopf triffst du dich, weil du beim Doppelkopf nicht spürst, dass die Zeit existiert. Anders als auf der Arbeit oder nach dem Aufwachen oder beim Frisör. Beim Doppelkopf spürst du weder das harte Tuch, aus dem die Vergangenheit gewebt ist, noch hörst du die Sorgen aus der Zukunft deinen Namen rufen.

Doppelkopf ist eine Dimension, in der niemand fragt: »Was hast du noch vor?« Die anstrengendste Frage, oder?

Beim Doppelkopf hast du vor, noch eine Runde Doppelkopf zu spielen. Jede Runde ist anders, und so bist du jede Runde jemand anderes. Du verwandelst dich. Bist aggressiv, dann zurückhaltend. Hast einen Partner, dann wieder keinen. Schauspiel des Lebens.

Die Karten, die spürst du: biegsam, aber fest genug,

dass sie beim Mischen attraktiv rattern. Und knallen, auch schön, wenn du eine siegessicher ausspielst: die Pointe!

Samstag um Samstag abgegriffener, die Karten. Da kann es doch mal sein, dass über Vergänglichkeit nachgedacht wird und jemand die Frage in den Raum wirft, wer denn dran sei, neue zu besorgen.

Um elf legen wir ohne großes Hallo-Na? los und spielen bis circa halb drei durch. Um circa halb drei kommt Frau Idzikowska aus der Küche und verkündet die baldige Landung des Bratens.

Wir spielen die Partie zu Ende, decken den Tisch. Einer macht den Salat an. Punkt drei liegt der Braten vor. Das Tranchieren überlassen wir Manuel, er hat von uns das beste architektonische Gedächtnis.

Der Braten wird restlos weggemacht und vorbehaltlos gelobt. Es hat noch nie einer den Braten von Frau Idzikowska nicht gelobt, noch nie.

Nach dem Braten wird ein Averna bejaht, ein Käffchen gezischt und die Konferenz geguckt. Nach der Konferenz machen wir weiter mit Doppelkopf und fangen an mit Bier, bis irgendwann, so gegen Mitternacht, die Konzentration nachlässt.

Wir fallen uns gegenseitig in die Arme, verabschieden uns den Tränen nahe, versprechen einander Unsagbares und gehen nach Hause. Zinke geht gelegentlich einige hundert Meter mit, bis ihm einfällt, dass er ja schon zu Hause war und da nicht mehr hinmuss.

Und jetzt war es Viertel vor zwölf, und Mo immer noch nicht da. Ich hielt es nicht länger aus und rief ihn an.

Es klingelte – im Treppenhaus. Manuel riss die Tür auf, und du glaubst nicht, was sich die Treppe hinaufschleppte! Weißer Schutzanzug, labormäßige Handschuhe, Atemmaske mit diesen Ventilen, die deinen Kopf aussehen lassen, als wärest du ein Käfer, und in den Tiefen des Anzugs klingelte Mos Telefon.

Es war klar Mos Telefon, weil es doch ein großer Zufall gewesen wäre, wenn noch jemand bei Frau Idzikowska im Dachgeschoss aufschlägt, der »Hey, ho, let's go!« als Klingelton hat von den Dings.

»Grüß euch!«, sagte die Stimme von Mo leicht verzerrt hinter der Maske.

»¡Hola!«, sagte Manuel.

»Moin, Mo«, sagten Zinke und ich.

Umständlich zog Mo die Stiefel aus. Was für eine aufreibende Aktivität, gebeugt unter so einem Kanister auf dem Rücken! Statt den abzunehmen, gab es jetzt Akrobatik auf der Fußmatte. Aber was willst du machen? Frau Idzikowska sah das gar nicht gern, mit Straßenschuhen in der Wohnung.

Manuel fasste mit an, jetzt ging es.

Mo schlurfte ins Wohnzimmer und ließ sich begaffen.

Mein erster Gedanke war ein besorgter: Hoffentlich ist der Anzug atmungsaktiv. So rot wie Mos Gesicht oberhalb vom Nasenschutz glühte, war er es nicht.

»Mo, wie siehst du denn aus?«, wollte ich wissen.

»So«, sagte Mo.

»Was ist mit der Astronautenkluft?«

»Moment, brauche kurz«, gab Mo hechelnd zurück.

Manuel lief in die Küche und kam mit einem Glas Wasser wieder. Zum Trinken schob Mo die Maske unter das Kinn. Wir sahen in ein, wie man so sagt, gezeichnetes Gesicht. Die Wangen rot, Augen auch rot, und dort, wo die Striemen der Maske spannten, hatten sich Spuren in die Haut gefräst: auch rot.

Auf dem Kanister auf Mos Rücken war ein exzellenter schwarz-gelber Totenkopf aufgedruckt. An der Seite steckte ein Schlauch mit Sprühspritze.

Manuel mischte die Karten. Dieses sexy Geräusch, wenn die so schnalzen!

»Ja, gleich«, sagte Mo, als hätten die Karten etwas gefragt. »Kurz quatschen erst. Habt ihr es überhaupt mitbekommen?«

Mo hätte tausend Sachen meinen können, und, wie so oft, war es Manuel, der sofort wusste, worauf Mo anspielte:

»Die Tigermücke?«

»Die Tigermücke!« Mo schlug sich auf den Oberschenkel. Da fiel mir auch ein: Winsen war sogar in den Nachrichten gewesen, überregional. Drei Fälle von dem Dingdong-Fieber in der Stadt. Alle in der Chorgemeinschaft *Sound of Elbdeich*: Günther, Monika, Jönnika.

Tragisch, klar. Erst Corona, wo sie nicht mehr singen durften, und jetzt machen sie mal bei schönem Wetter eine Probe draußen, zack, Tropeninstitut in Alarmbereitschaft.

»Donnerstag ruft mich Frau Zelle an, ob ich Lust hätte, Mücken zu vergasen.«

»Mo, du bist doch tierlieb«, staunte ich.

»Wie geht es Frau Zelle?«, fragte Zinke, stets edel interessiert am Wohlbefinden anderer.

Frau Zelle war Mos Sachbearbeiterin beim Amt und unglücklich mit ihrem Job und Liebesleben und Hautbild, laut Mo. Als Mo ihr Unglück mitbekommen hat, gab er Frau Zelle das Versprechen, jeden Job zu probieren, den sie ihm servieren würde.

Seitdem lief das zwischen den beiden ein bisschen wie experimentelle Kunst ab. Frau Zelle kramte unfassbarste Stellenangebote heraus, und Mo nahm alle an. Nach ein paar Wochen trafen sie sich je nach Jahreszeit zum Kanufahren an der Luhe oder zum Eislaufen, und Mo erzählte Frau Zelle, was er alles erlebt hatte. Das brachte Sinnhaftigkeit und Vergnügen in ihren Arbeitsalltag zurück, Mo ist ein weichherziger Mann.

»Frau Zelle geht es sehr schlecht«, sagte Mo jetzt.

Wir nickten.

Nach einer angemessenen Pause fragte Manuel: »Wo gespritzt?«

»Luhe durchgehend, links- und rechtsseitig. Gerade komme ich vom Rethmoor. Zehn Mann *fsssssst* durch die Büsche. Alle lieben es, außer die Vögel vielleicht.«

»Und die Mücken«, ergänzte ich.

»Die Mücke begreift die Liebe nicht«, sagte Mo. »Die Mücke beherrscht ein einziges emotionales Konzept, und das ist der Hass.«

Warum zog er den Anzug nicht aus? Ich schwitzte schon in Bluse und Shorts. Mo so verpackt zu sehen, schwitzte ich noch mal extra für ihn mit.

Mo stakste zum Fernseher. Ein uralter Apparillo, Röhre und alles. Aber praktischer als die flachen. Auf den flachen kannst du keine Badeenten und Marienfigürchen abstellen.

Über dem Fernseher: Papst Johannes Paul II.

»Die Nebenwirkungen von dem Mückensaft sind der Hammer.« Mo rückte den Papst gerade.

»Lieber die Tigermücke mit Nebenwirkungen ausrotten, als dass die Tigermücke den ganzen Chor ausrottet«, wurde ich logisch.

»Welche Nebenwirkungen überhaupt?« Manuel blieb am Ball.

Da zückte Mo die Kanisterspritze wie ein Sheriff die Schrotflinte und zielte mit dem Lauf in den Raum.

»Halt! Stopp!« Ich sprang in die Schusslinie.

Zinke so: »Mo, Mann! Denk an den Braten!«

»Und an Frau Idzikowska«, legte Manuel eine Schippe drauf.

Mo: »Aber die Nebenwirkungen sind fantastisch!«

Zinke: »Mo, bitte!«

So. Wenn du jetzt meinst, das war übertrieben, dass wir so intervenierten, weil Mo bestimmt nur Posse und Narretei mit der Spritze betrieb, dann liegst du richtig, obwohl du Mo nicht so gut kennst wie wir. Du liegst aber aus falschen Gründen richtig.

Posse und Narretei waren es, die uns Angst machten. Natürlich würde Mo den Braten nicht verderben oder uns vergasen. Was aber, wenn in dem Kanister nichts war oder nur Wasser? Was, wenn es gar nicht stimmte mit Mo und der Tigermücke und den fantastischen Nebenwirkungen?

Wir waren am Scheitelpunkt seiner Geschichte angelangt, und der Scheitelpunkt aller Geschichten, die Mo erzählte, war dieser: Dachte er sich das alles aus? Oder dachte er sich das nicht alles aus?

Die Antwort wollten wir gar nicht wissen! Wir wollten die Chance wahren, für uns und für ihn selbst, dass das Leben, aus dem Mo uns erzählte, sein wahres Leben war, verstehst du?

Wir wollten, dass all die Jobs, von denen er erzählte, wirklich seine Jobs waren.

Winsen von der Tigermücke befreien.

Seniorinnen und Senioren Gesellschaft leisten beim Spazieren an der Luhe/Elbe oder im Supermarkt oder ihnen im Café gegenübersitzen. (Für fünfundzwanzig Euro die Stunde, Spesen nicht inklusive.)

Sich als Boxer bezahlen lassen, um zu verlieren. Ein Mal im Monat kam Mo schwarz und blau zum Doppelkopf, fürchterlich.

Statist sein für einen Film mit Sandra Hüller in einem Gerichtssaal in Frankreich.

Ja, meinst du, wir sind da ins Kino, um das zu überprüfen? Natürlich nicht!

Es galt zu verhindern, dass wir etwas mitbekamen, was Mos Geschichten unglaubwürdig machte. Es galt, solch ein Debakel zu verhindern, wie als Mo behauptet hatte, einen Kessel voll mit römischen Münzen gefunden zu haben.

Auch damals war es ein Samstag gewesen und Mo zu spät. Außer Atem wie Fisch kam er hier an, erzählte uns von dem Schatz und wollte ihn uns zeigen.

Zinke fragte, warum er ihn nicht gleich mitgenommen hätte.

»Ja, weil darfst du gar nicht, musst du der Archäologie melden, ein römischer Kessel!«

»Was sind das für Münzen?«, fragte ich.

»Feltempre paratio?«, fragte Mo zurück, worauf Manuel als Altphilologe sehr lachen musste.

»*Felicium temporum reparatio* – Mögen die glücklichen Zeiten wiederkommen«, übersetzte er.

Frau Idzikowska hatte uns in die Nähe der – angeblichen – Fundstelle gefahren, die Mo markiert haben wollte, indem er sein Fahrrad dort liegenließ.

Zwei Stunden plus trotteten wir hinter Mo mit seinem Metalldetektor her und fanden wie viele Kessel?

Genau, null Kessel fanden wir, und auch sein Fahrrad fanden wir nicht, und waren die blöden Römer denn überhaupt je in Winsen gewesen?

Wie verzweifelt Mo an seiner Geschichte festhielt! Jemand hätte ihn beobachtet und den Kessel wieder ausgebuddelt und sein Fahrrad gleich mitgeklaut!

Jemand hätte nur das Fahrrad geklaut, und er fand die Stelle deswegen nicht wieder! (Wobei man sagen muss, die Felder sahen wirklich alle gleich aus.)

Tage und Nächte suchte Mo weiter. Manchmal sind wir mit. Mo schwenkte seinen Metalldetektor hin und her wie so ein Priester das Ding in der Messe. Ab und an gab es ein kleines ›Piep‹, und dann war es jedes Mal ein Knopf.

Und trotzdem! Alles in mir wollte, dass dort irgendwo

ein Kessel voller Münzen vergraben war, den Mo wirklich gefunden hatte. Und vor allem: *noch mal* fand.

Heute also die Tigermücke und irgendein Extra mit den Nebenwirkungen.

»Mo, komm, zieh eine«, sagte ich und hielt ihm die Karten hin. »Du erzählst uns einfach beim Spielen.«

Mo kratzte sich mit der Spritze am Hinterkopf und zog tatsächlich eine. Es war das Herz-Ass.

Frau Idzikowska federte herein mit Limonaden auf dem Tablett. Als sie Mo sah, rief sie schrill: »Muhamet, bist du verrückt? Bei dieser Hitze!« Sie stellte das Tablett ab und verließ das Wohnzimmer kopfschüttelnd wieder.

Ihr Kopf hätte uns ein Alarmzeichen sein *müssen*!

Mo teilte aus. Sein Atmen klang wie Darth Vader.

»Also, die Nebenwirkung, um die es geht, die kommt nur bei so was wie einer Person aus zehntausend vor. Leider.«

»Warum leider?«, fragte ich.

»Kennt ihr das? Dass man etwas nicht erklären kann, weil es so schwer zu fassen ist?« Mo machte den ersten Stich.

Ich kannte es. Melancholie war so. Oder das Großvaterparadoxon. Oder Delfine.

Ich machte den zweiten Stich. Den dritten machte Mo, diesmal mit dem Fuchs. Und er litt, Mo litt unter der Hitze.

»Mo, komm. Zieh das Ding bitte aus«, sagte Zinke sanft.

Mo gelang ein weiterer Stich und direkt noch einer, und spätestens jetzt war relativ klar, er wollte uns leer spielen und war solo unterwegs.

Den neunten machte er mit der Kreuz-Dame und spielte in der nächsten Runde die zweite hinterher.

Manuel lachte ungläubig. Wenn Manuel ungläubig lachte, war alles verloren.

Und Mo rief mit wuchtig müder Entschlossenheit: »Nein, ich zeig das jetzt.« Er entsicherte die Spritze und drückte ab.

Zinke und ich sprangen zur Seite, Karten fielen wie in Zeitlupe vom Tisch. Feinste Partikel flogen durch die Luft, die dichteste Wolke hing wie eine leere Gedankenblase vor Mos Kopf. Da rein steckte er sein Gesicht und atmete tief ein.

Ich hielt die Luft an, wohl zu spät, schmeckte schon süßliche Aromen.

Kurz war es still unter dem Dach in der Zweizimmerwohnung von Frau Idzikowska.

Manuel öffnete das Fenster. Zinke und ich hin, Köpfe raus, atmen.

Auf Winsen knallte die Sonne. Über den Netto-Parkplatz schob ein alter Mann einen Einkaufswagen, randvoll mit Pfandflaschen.

»Sag! Was treibt den Künstler?« Das war Mo, auf einmal hinter uns, der Blick entrückt in die Ferne über dem Netto. »Was treibt den Künstler, sein Ideal aus dem Lande der Ideen zu ziehn?«

Hä und schön.

Zinke fand es eher nur hä. »Er halluziniert!«, rief er und legte Mo die Hand auf die Stirn. »Jesus, Maria, er verbrennt!«

In meinem Kopf hundert Gedanken, keiner anwendungsbezogen.

»Was treibt den Künstler, sein Ideal dem Stoff zu vertraun?«

Das war wieder Mo. Ich verstand die Frage nicht hundertprozentig, also fühlte mich auch nicht ernsthaft angesprochen. »Geld« könnte jedenfalls eine Antwort sein, falls das jetzt ein Rätsel war.

Mo wurde leiser: »Schöner wird ihm sein Bilden gelingen im Reich der Gedanken.«

Manuel sagte: »Richtig.«

»Wäre flüchtiger zwar, dafür auch freier«, schlussfolgerte Mo mit letzter Kraft. »Auch sein Eigentum mehr, und nicht dem Stoff untertänig.« Das Letzte war kaum zu verstehen – Mo wankte, der Kopf schlackernd auf dem Hals, wir stützten ihn.

Es schien aber nur temporäre Schwäche gewesen zu sein, denn er richtete sich wieder auf, um sich selbst – mit anderer, fester Stimme – die Antwort zu geben:

»Frager!, der du so fragst, du verstehst nicht des Geistes Beginnen! Siehst nicht, was er erstrebt, nicht was der Künstler ersehnt.«

Über Winsen hob Glockengeläut feierlich an. Mittag war es.

Und Mo? Flammend, mit geballter Faust: »Alle! Wollen Unsterbliches tun: die sterblichen Menschen.

Leben im Himmel: die Frommen.

In guten Taten: die Guten.

Bleibend will sein: der Künstler!

Bleibend im Reiche der Schönheit.
Darum in dauernder Form stellt den Gedanken er dar.«

Die letzten Silben verließ die Kraft. Auch Mo sackte in sich zusammen, in Zeitlupe zum Glück, sodass Zinke und ich ihn auffangen konnten und auf das Laminat betten wie die Flut einen Schiffsbrüchigen auf das Gestade.

»Zinke, nun tue bitte etwas!«

»Mamo! Komm mal! Ich glaube, Mo geht's nicht so gut.«

Frau Idzikowska rauschte heran, sank neben Mo, horchte an seiner Brust.

»Muhamet, kannst du mich hören?«

»Nein«, antwortete der.

»Zieht ihm den Quatsch aus, sofort!« Frau Idzikowska wählte den Notruf.

Manuel zog eine Schere aus seinem Strumpf und schnitt Mo frei.

Ich horchte an Mos Mund und Nase.

Zinke rüttelte an ihm. Fluchte sanft auf Polnisch.

Frau Idzikowska, ein Denkmal der Professionalität in Küchenschürze, schickte uns beide vor die Tür.

Lange hielt ich es dort nicht aus. Ich musste an die Luft, also ging ich zu Netto, Kippen holen.

Auf dem Rückweg sah ich, wie Mo in den Krankenwagen verladen wurde. Eine Sanitäterin reichte ihm Wasser, er trank aus der Flasche in ihrer Hand wie ein Vogel.

»Na, du?« Mo lächelte.

»Wie geht's dir?« Ich nahm seine Hand.

»Merkst du nichts?«

»Was meinst du?«

»Von dem Mückenzeugs? Die Nebenwirkungen?« Mo sah mich hoffnungsvoll an.

Ich sagte: »Doch, klar, im Netto gerade.« Ich machte die Explosionsgeste vor meinem Kopf.

Mo lächelte. Er glaubte mir vermutlich nicht, aber das muss man in einer echten Freundschaft ja auch nicht.

Die Sanitäterin drängte, Mo war nicht der einzige Hitzschlag heute.

»Den könnt ihr gern ein paar Tage länger behalten«, sagte ich.

Sie schmunzelte derart dünn, dass ich ihr am liebsten Geld zugesteckt hätte aus Mitleid, dass sie sich mit solchen Witzchen abgeben musste, aber ich hatte kein Geld.

Mo hingegen sah mich ganz verliebt an irgendwie.

»Hehe«, sagte Mo.

»Hehe«, sagte ich.

Die Sanitäter schoben Mo in den Wagen, der nicht mit Tatütata davonfahren wird, leider, weil ich weiß doch, wie sehr Mo das mag: Leben im Traum und doppelt Leben.

MO, DER PANTHER UND PETRA, DER FUNKER

Ungelogen, schon in derselben Stunde, in der Mo abtransportiert wurde, war der Ersatz für ihn gefunden. Als ich mit Kippen in den Wohnungsofen von Frau Idzikowska zurückkehrte, saß der Siggi auf dem Sofa und ließ sich von Manuel die Doppelkopfregeln erklären.

Siggi sagte die ganze Zeit so Sachen wie »Weiß ich doch« oder »Logo« oder »Manu, ich spiel Doko, seit ich vier bin!« Und Manuel sagte: »Ass ist höchste Karte von jede Color, Ass gibt elf Punkte« mit seinem nachahmenswerten spanischen Akzent.

Der Siggi lebte im zweiten Stock und war Schornsteinfeger und Reichsbürger. Sein Haar war vorne kurz und hinten lang. Das sah irgendwie aus, als hätte das Haar etwas zu Hause vergessen und käme beim besten Willen nicht drauf, was es war.

Ich fand es volle Möhre anstrengend, dass einer wie der Siggi Mos Platz einnehmen sollte. Jetzt gar nicht wegen der Frisur oder weil niemand auf der Welt ein gleichberechtigter Ersatz für Mo ist, und auch nicht in erster Linie wegen seines gesellschaftspolitischen Waffenbesitzes, sondern auch deswegen, weil er den Braten von Frau Idzikowska immer erst auf Nachfrage hin lobte.

Ich konnte gegen den Beschluss aber nichts ausrichten. Der Siggi war demokratisch gewählt worden. Dabei weiß ich gar nicht, glaubte er als Reichsbürger überhaupt an die Demokratie? Während meiner Abwesenheit (Kippen holen) hatten sowohl Manuel als auch Zinke dafür gestimmt, dass Siggi mitspielen sollte, bis Mo zurückkam. Und zack, hatten sie auch direkt bei ihm geklingelt, und der Siggi wollte auch direkt loslegen.

Der Siggi war sehr schlecht im Doppelkopf. Er verlor auch dann, wenn wir ihn gewinnen ließen.

Heute nahm er schon den dritten Samstag Mos Platz ein. Warum Mo so lange wegblieb, wir wussten es nicht. Wir wussten, dass er schon nach einem Tag aus dem Krankenhaus wieder entlassen worden war. Ans Telefon ging er nicht, aber da er das so gut wie nie tat, waren wir nicht besonders alarmiert.

Auch Manuel und Zinke verstanden sich übrigens mit dem Siggi nicht blendend. Der Siggi, das war so einer, zum Beispiel suchte er sich immer den falschen Zeitpunkt aus, um eine Frage zu stellen. Oder der Zeitpunkt war okay, aber die Frage brutal ungut. Beides ist auch glasklares Musterverhalten von Verschwörungstheoretikern und den meisten Nazis.

Da postet zum Beispiel meine Kollegin Sabine von der Fleischtheke ein Foto von ihrem Kätzchen auf *facebook* und schreibt darunter

Wir trauern um Jutta,
zu früh
von uns gegangen

und direkt im ersten Kommentar schreit einer: *Ist das im Regal eine Regenbogenfahne???* Und sein Profilbild ist ein Deutscher Schäferhund.

Am schlimmsten bei dem Siggi war aber: Man musste ihn ständig erinnern, dass er dran ist.

Und das geht doch nicht! Es geht nicht, dass du bei einer Sache mitwirkst, die darauf basiert, dran zu sein, wieder und wieder dran zu sein, und du kriegst aber nie mit, dass du dran bist.

War der Siggi ein Tagträumer? Nein.

War der Siggi generell unkonzentriert? Nein.

War der Siggi lustlos? Nein.

Der Siggi war kein Tagträumer, der Siggi war nicht unkonzentriert, der Siggi war nicht lustlos, der Siggi war ein Vollidiot.

Nichts gegen Vollidioten. Aber wenn du Doppelkopf spielst, hast du im Leben nicht viele andere Aufgaben als Doppelkopf zu spielen, und so schwer ist diese Aufgabe beim besten Willen nicht.

Man darf sich jetzt durchaus fragen, da ich das alles mit Siggi so kritisch einordne, wie konnte er denn drei Wochen Mo-Ersatz bleiben?

Die Antwort ist simpel: Bist du in unserem Alter, bist unverheiratet und kinderlos in Winsen an der Luhe, aber ehrlicherweise auch sonst überall, dann ist es im Normalfall so, dass du nicht sehr viele Menschen kennst oder von heute auf morgen kennenlernst, die ihre Samstage gern und bedingungslos mit Doppelkopf verbringen wollen.

Siggi, der war langsam und man wollte mit ihm nicht in

einem Aufzug steckenbleiben, aber er war der Siggi. Siggi nannte die Bundesrepublik eine GmbH, aber er unterhielt auch eine riesige Lego-Eisenbahnwelt in seiner Wohnung und drehte Videos davon, wie er mit ferngesteuerten Zügen durch seine Eisenbahnwelt fuhr. Dabei erklärte er freundlich, wie er was gebaut hatte.

Siggi hatte viele Fans unter Kindern und erwachsenen Männern gleichermaßen und verdiente mit den Videos kaum was. Er hatte einfach diese Freude am Bauen und am Zeigen, zum Beispiel wie ein ICE durch eine Westernstadt fuhr, die er in monatelanger Arbeit geklemmbausteint hatte. Er hatte dafür sogar einen Tunnel durch die Wand zwischen Schlaf- und Wohnzimmer gebohrt.

Dazu kam, dass Zinke den Siggi seit Kindesbeinen kannte. Die sind beide hier in der Siedlung aufgewachsen und sind zusammen zur Schule gegangen und beide Väter sind irgendwann abgehauen und beide Söhne lebten noch (Siggi) oder wieder (Zinke) mit ihren Müttern.

Der Siggi wusste, dass Mo wieder zurückkehren würde und er seine Samstage dann wieder mehr mit Klemmbausteinen und weniger bis gar nicht mit uns verbringen würde. Und jetzt klingelte es endlich, und vor der Tür stand praktischerweise ebenjener: Mo.

Er war diesmal in Uniform gekleidet, Mo, ganz in Schwarz. Auch die Mütze war schwarz, und darauf, sowie auf der Brusttasche, steckte dieser Hakenkreuzadler. Hundertpro verboten, heute aber wieder mehr im Gebrauch.

Wo dieser Tage solch eine Uniform zu finden ist, da

ist normalerweise auch entweder ein thüringischer Politiker auf einer von einem CDU-Mann gesponserten Feier im kleinen Kreise, eine kontroverse Ausstellung oder ein Theaterstück. Mo konnte zwar vieles sein, aber ein Nazi war er nicht, noch war er Museum oder Schauspieler, wobei Schauspieler noch am meisten.

Mo breitete die Arme aus!

Ich umarmte Mo.

Zinke sagte: »Moin, Mo. Wieder fit, du Sau?«

»Alles fit«, sagte Mo. Diesmal gelang es ihm, die Stiefel etwas schneller auszuziehen. Sie waren hervorragend verschlammt, dabei hatte es seit gefühlt Wochen nicht mehr geregnet. Der Gedanke lag also nahe, dass Mo direkt von der Front kam.

»Alles fit?«, sagte ich.

»Alles fit«, sagte Mo.

Manuel erhob sich, die beiden gaben sich Küsschen rechts-links, und Manuel setzte sich wieder.

Die Frage, die sich sicher nicht nur mir stellte, war: Was wird Siggi jetzt tun? Mo mit Handschlag begrüßen oder mit Hitlergruß.

Der Siggi tat weder-noch, sondern packte die Armzange aus, um Mo ebenfalls zu umarmen.

Und das ist schon super, oder? Dass Mo jetzt nicht was Abwertendes gesagt hat, sondern, wie sich das gehört, das Angebot der Umarmung in aller Ruhe ignoriert hat und, wie sich das ebenfalls gehört, die Mütze abgenommen hat, um Frau Idzikowska in der Küche Hallo zu sagen. Man hörte einen kurzen Schrei von ihr, schätzungsweise wegen der Uniform, dann ihr Lachen, dann noch mal ihr Lachen, dann kam Mo wieder.

»Das ist ja ein Wahnsinn mit den Parkplätzen hier«, sagte er und warf die Mütze auf den Tisch, halb auf die Karten drauf. »Ich steh vor dem Netto, aber da kann ich nicht lange bleiben. Und jetzt mal raus mit der Sprache – wessen Idee war das?«

»Seit wann hast du denn deinen Führerschein zurück?«, fragte der Siggi.

Und siehst du? Das meinte ich mit den unguten Fragen.

Manuel lenkte zum Thema zurück. »Was für eine Idee?«

Vom Gemüse-Teller, den Frau Idzikowska uns hingestellt hatte, genehmigte Mo sich ein Radieschen. Knabbernd holte er aus: »Aaalso. Heute Morgen klingelt mich der Postbote aus dem Bett. Ich mach auf, der so:

›Du bist ja nackt.‹

Ich so: ›Was gibs?‹

Der so: ›Ein Päckchen.‹

Ich so: ›Hab nix bestellt.‹

Der so: ›Mir egal, dein Name steht drauf.‹

Ich so: ›Wie heiß ich?‹

Der: › Hier, Kërpaçi?‹

Ich: ›Jo. Dann gib halt.‹

Er so: ›Steht unten auf dem Parkplatz.‹

Ja, gut. Ich wollte gleich runter, da meint der, ich soll mir erst mal was anziehen.

Ich so: ›Wieso?‹

Er so: ›Draußen sind Kinder.‹

Ja, hab ich halt meinen Bademantel übergeworfen, meine Güte.

Rein in den Aufzug, der Postbote pfeift.

Ich so: ›Was ist das für ein Lied?‹

Der so: ›Black Wind, Fire and Steel.‹

Ich so: ›*Manowar*?‹

Der so: ›Ja.‹

Ich so: ›Kenn ich nicht.‹

Und da hält der Aufzug im Erdgeschoss an.«

»Mo?«

»Siggi?«

»Wie konntest du wissen, dass das Lied von *Manowar* war, obwohl du es gar nicht kanntest?«

»Alle Lieder von Manowar heißen gleich«, sagte Mo und nahm einen Schluck aus seiner Feldflasche. Dabei landete etwas Flüssigkeit auf seiner Pluderhose, die war aber auch sonst fleckig, wie auch das Hemd und der Brotbeutel, alles fleckig. Geil.

»Wo war ich stehengeblieben?«, fragte Mo.

»Im Erdgeschoss«, sagte Manuel.

»Richtig«, sagte Mo. »Wir sind dann raus, und auf dem Parkplatz, da war kein Päckchen, auch kein Paket, auf dem Parkplatz parkte – mit einer rosa Schleife drum – ein Panzer.«

Der Siggi lachte wie ein Irrer los.

Weil aber niemand sonst lachte, hörte auch der Siggi auf.

Mo weiter: »Ich so zum Postboten: ›Ist das ein Witz? Bin ich die Ukraine, oder was?‹

Der so: ›Name, Adresse, passt alles. Bitte hier Unterschrift, ich hab nicht die ganze Zeit Zeit.‹

Ich hab mich aber geweigert zu unterschreiben. Hat der halt selbst unterschrieben. ›Viel Spaß‹, und weg war er.

Zwei Jungs hockten auf dem Panzer und fummelten an der Kanone. Zehn, vielleicht elf Jahre alt.

Ob wir eine Runde drehen wollen, fragt der kleinere.

Warum eigentlich nicht?

In der Wanne war dann diese Uniform. Hab ich direkt angezogen.« Mo schlug die Stiefel zusammen.

»Wehrmacht«, sprach der Siggi das Offensichtliche aus, das Braun seiner Augen leuchtete. »Panzerregiment.«

Alle schüttelten den Kopf, ich wette, auch Frau Idzikowska in der Küche, obwohl die gar nichts mitbekam.

»Welches Modell ist der Panzer?« Die Antwort würde mir nichts sagen, aber lieber stellte ich die Fragen als der Siggi.

»*Panther*. Meinten die Jungs. Die kannten den, weil sie so ein Ballerspiel mit Panzern zocken, wo du als Hitlerdeutschland eine zweite Chance kriegst.«

»*Blitzkrieg* oder *Close Combat 3*?«, fragte der Siggi.

»Wie hat der Panzer gerochen?« Manuel ignorierte Siggi jetzt einfach komplett.

Mo schloss die Augen. »Schweiß, Pulverdampf und Benzin. Und wie Hände, wenn man länger mit der Rohrzange zugange war.«

Kurz war es still unter dem Dach in der Wohnung von Frau Idzikowska. Ich stellte mir vor, wie wir den Siggi jetzt hinauskomplimentieren würden, wie Mo seinen Platz nahm und wir den Tag miteinander und mit Doppelkopf verbrachten, und die Vorstellung fand ich fabelhaft und ergötzlich.

»Wartet, wartet mal ganz kurz …« Ja, richtig erraten, das war wieder der Siggi. »Seit wann liefern Postboten Panzer? Muss das nicht eine Spedition machen?«

»Bin ich Jesus?«, sagte Mo.

Es war schon unglaublich, wie Siggi es in nur ein paar Minuten geschafft hatte, dass Mo mit Jesus operieren musste.

»Gab es Munition?« Siggi kratzte sich im Nacken.

»Jawoll. Wir haben die Kanone auch gleich mal geladen, man weiß ja nie.«

»Geladen?« Siggi klang irgendwie ängstlich ein bisschen und ein bisschen Ihr-verarscht-mich-doch.

»75-mm-Kaliber. Die Jungs haben das Zielfernrohr für die Turmschwenkanlage justiert, und dann haben wir die Umgebung erkundet. Bei mir im Dritten wohnt doch der Hannes mit seiner Werder-Fahne im Fenster. Die Jungs meinten, so eine Panzergranate von damals kann auf einen Kilometer sechzehn Zentimeter Stahl durchbohren.«

»Und dann?« Der Siggi komplett hypnotisiert.

»Ja nix und dann!«, rief Mo jetzt doch ein bisschen lauter gegen Siggis unnötige Dazwischengrätscherei. »Für eine Werder-Fahne verschwende ich keine siebzig Jahre alte Panzergranate!«

»Wie fährt er sich?« Manuel schabte mit dem Nagel seines kleinen Fingers zwischen seinen großen Zähnen.

»Unruhig. Zum Glück hatte ich die Jungs, sonst hätte ich den gar nicht erst zum Fahren gebracht. Da siehst du auch, dass es nicht stimmt, wenn Leute sagen, die Jugend von heute zockt nur und lernt nichts fürs Leben.«

»Was hinkriegen, ist einfach das Schönste«, sagte Zinke.

»Erst sind wir ein bisschen rumgedödelt auf dem Parkplatz«, so Mo weiter, »bis ich es mit den Kontrollen und der Lenkung einigermaßen draufhatte. Dann sind wir vorsichtig auf die Straße gerollt und über den Ring hierher. Und ich dachte die ganze Zeit, ihr habt mir das Ding irgendwie als Witz geschenkt.«

»Wegen *geschenkt*«, das war wieder der Siggi. »Hast du die Schleife abgemacht?«

»Welche Schleife?«

»Die Geschenkschleife.«

»Ach, du Scheiße. Vergessen!«

»Ist doch okay«, sagte Zinke. »Ein Panzer mit ner rosa Schleife tuckert durch Winsen. Friedensbotschaft, oder?«

»Wie schnell?« Manuel blieb am Ball.

»So vierzig? Fuffzig, max.«

»Wie haben die Leute denn so reagiert?«, fragte ich.

»So und so. Einige panisch, andere haben telefoniert, wieder andere haben weggeguckt, als wäre da gar kein Panzer. Ein paar haben Selfies gemacht. Die meisten haben einfach weiter auf ihr Handy geglotzt und gar nichts mitbekommen.«

Kurz sagte nur der Ventilator was.

»Oli und Omer, die beiden Jungs, die haben ihre Aufgaben eins a erledigt«, meinte Mo. »Omer hat das Maschinengewehr am Rumpf bedient und wahllos auf Passanten gefeuert.«

»Was?!« Siggi sprang auf wie im Film, wenn jemand im Film aufspringt.

»Mann, Siggi. Tschd-Trrrr-Trrrr-Trattatat! So, weißte?«

»Hä?«

»Mit dem Mund, Siggi!« Mo machte das Maschinengewehr noch mal nach, ich stieg mit ein: »Trrrr-Trrrttaaa-Trarrrr!« Auch Zinke kam dazu: »Tatatatatatatata!« Dann lachten wir, gaben uns alle außer Siggi *high five*, wischten Tränchen aus dem Augenwinkel und seufzten fast gleichzeitig.

Der Siggi lachte jetzt auch, allerdings eher verstört.

Es wäre so einfach gewesen, oder? Ans Fenster gehen, um zu gucken, ob auf dem Parkplatz ein Panzer der Baureihe *Panther* parkte oder ob dort kein Panzer dieser Baureihe parkte.

Was für ein brutales Zeichen von Misstrauen gegenüber Mo wäre das aber?

Nein, das machst du nicht, du guckst nicht, ob draußen ein Panzer parkt, wenn dein bester Freund sich sogar nicht zu schade war, einen Hunni oder eventuell mehr auszugeben für eine Wehrmachtsuniform in einem höchstwahrscheinlich bedenklichen Internetshop, nur um die Glaubwürdigkeit seiner Geschichte zu erhöhen.

Ich wusste, Manuel und Zinke würden nicht gucken, ich sowieso nicht. Was aber war von Siggi zu erwarten?

Ich postierte mich zwischen dem Siggi und dem Fenster, sicher ist sicher.

»Ja, und kurz bevor ich vom Ring runter bin, springt so ein Mutterchen direkt vor den Panther und winkt total gestresst.

›Ich krieg keine klare Schusslinie für direktes Feuer‹, sagt Omer.

›Don't shoot‹ sage ich auf Englisch, klingt einfach besser. Die Oma war keine Feindin, sondern wollte unsere Hilfe. Auf dem Baum vor der Sparkasse hockte eine charmant getigerte Katze und kam nicht runter.

Wir halfen der Oma hereinzuklettern. Sie gab mir die Hand, ›Moin, ich bin Petra‹, und übernahm sofort das Kommando. Wendete und brachte den Panzer so vor dem Baum zum Halten, dass die Katze auf dem Kanonenrohr runterklettern konnte. Petra schimpfte ein bisschen mit ihr und streichelte sie dabei lieb.«

Mo drehte sich jetzt eine, also schaltete Manuel den Fernseher ein. Auf *3sat* lief eine Doku über ausländerfeindliche Datschenbesitzer in Meck-Pomm. Auf den ersten Blick Menschen wie du und ich, auf Nachfrage hin ausländerfeindlich.

Etwa anderthalb Minuten hörten wir der Off-Stimme in der Doku zu. Da wir aber nichts Neues lernten, schaltete Manuel den Fernseher wieder aus.

Mo klopfte die Taschen seiner Uniform ab und fand darin erst einen blassen Bleistift, dann die Streichhölzer.

»Petra ist jetzt mein Funker«, sagte er. »Sie hat die Anlage zum Laufen gebracht und funkte los: ›Basaltlöwe, bitte kommen! Basaltlöwe, bitte kommen! Hier spricht die Spinne. Hörst du mich? Basaltlöwe, bitte kommen!‹

Ich hab gehofft, dass jemand antwortet. In der Leitung hat es aber nur gerauscht. Das Rauschen war die Antwort.«

Traurig sah mein Mo aus, als er sich am Fenster die Kippe

ansteckte. Und genau da rein, in diese anregende Traurigkeit, rief Siggi: »Das denkst du dir doch alles nur aus, Mo!«

Oh, Mann! Dass einer nicht mal mehr was erzählen kann, unbehelligt. Dass einer nicht mal mehr gerührt sein darf, weil es Rauschen als Antwort gibt.

Unsere Fassungslosigkeit war dem Siggi hoffentlich unangenehm. Wobei ich bei Reichsbürgern keine so große Hoffnung habe, dass denen etwas unangenehm ist. Er grinste nur, ich weiß nicht, wie.

Würde Mo endlich etwas sagen zu Siggi?

Er atmete Tabakrauch über unser Winsen aus.

Da hupte es draußen ein paar Mal deftig. Mo winkte.

Und ich dachte: Das ist wegen dem Panzer! Die Leute hupen wegen dem Panzer!

»Ihr habt wirklich nichts mit dieser ganzen schönen Sache zu tun? Ich meine, wer sonst würde mir einen Panzer schenken?«

Wir mussten verneinen.

»Oli und Omer mussten jedenfalls los, Karatetraining. Petra hätte aber Lust, an die Nordsee zu fahren mit dem Teil. Dafür bräuchten wir noch zwei, drei Leute. Seid ihr dabei? Kleine Spritztour an die Nordsee?«

Der Siggi meldete sich sofort.

Mo beachtete ihn nicht. Wieso auch? Erst alles hinterfragen, dann das Hinterfragte akzeptieren, oder was? So nicht, Freundchen!

Zinke sagte: »Aber Mo, es ist doch Samstag …«

Mo nickte respektvoll. Er hatte das erwartet.

»Können wir es morgen machen?«, schlug ich vor, weil

es immer schöner ist, eine Aussicht auf etwas zu haben, als keine Aussicht auf nichts.

»Ich kann auch morgen«, warf der Siggi ein.

»Wer weiß, was morgen ist«, sagte Mo.

Am Fenster, so mit dem Rücken zu uns, sah Mo aus wie so ein Caspar David Dings in Uniform. Er schnippte die Kippe lässig weg und zog dieses Fazit: »Schade. Ihr hättet euch mit Petra so was von gut verstanden.«

»So was von.« Zinke mischte die Karten.

Siggi besitzt mehrere deutsche Panzer, die er mit chinesischen Klemmbausteinen zusammengesetzt hat, deutsche Panzer gibt es ja bei *Lego* jetzt so in der Art nicht. Er bewahrt die Panzer in einer Vitrine auf, damit sie nicht verstauben. *Tiger VI* (8000 Steine) sieht am besten aus, meine Meinung.

»Ich werd dann mal.« Mo setzte sich die Mütze auf. Der Adler war nur aufgestickt. Vielleicht musste das aber so.

»Bleib doch zum Braten«, schlug Zinke vor, während Mo die Stiefel anzog. »Petra kann gern auch kommen. Es gibt genug für alle.«

»Lieber nicht. Parkt der Panzer noch länger unten, werden die Leute unruhig und informieren die Obrigkeit. Und ihr wisst ja, wie die Obrigkeit bei uns drauf ist in puncto Parken im Parkverbot.«

»Bist du nächsten Samstag wieder dabei?«, fragte ich und schielte auffällig unauffällig zu Siggi.

»Sicher.« Mo lächelte zum Abschied und weg war er.

Der Siggi sprang sofort auf und wollte ans Fenster.

Nix da. Ich schob ihn gegen die Brust.

»Setz dich!«

»Ich will doch nur …«

Zinke stellte sich zu mir. »Siggi, setz dich.«

Wie Zinke aussah, wenn er nicht blinzelte!

Der Siggi lachte nervös.

Einige Augenblicke unseres Lebens verpuppten sich, schon waren sie Vergangenheit.

Unten zündete ein Motor. Ein außerordentliches Geräusch, unmöglich zu beschreiben.

MÖCHTE DIE WITWE ANGESPROCHEN WERDEN, PLATZIERT SIE AUF DEM GRAB DIE GIESSKANNE MIT DEM AUSGUSS NACH VORNE

Aber wo war vorne?

War, wenn sie vor Hermanns Grab stand, vorne der Grabstein?

Oder war vorne andersherum? Dass die Gießkanne in die Welt zeigte und weg vom Grab, weg von Hermann.

Damit auch Gisel: weg von Hermann.

Aufhören mit den Sentimentalitäten. Leuchtete doch ein: weg von Hermann, wenn es für sie weitergehen sollte.

Nein, niemals weg von Hermann.

Gisel setzte die Gießkanne auf der Grabplatte ab, und der Ausguss zeigte auf ihr Knie. Sie trat zur Seite, sie wollte ja nicht ihr Knie kennenlernen. Kannte es schon bis ins Röntgenbild, und die Schmerzen kannte sie ebenfalls gut genug, dienstags um elf Krankengymnastik.

Eine Stunde nicht allein, dienstags. Mit Umziehen eine Stunde dreißig. Mit Busfahrt hin und zurück: fast zwei Stunden dienstags nicht allein.

Den Knieschmerzen machte die Gymnastik nichts aus. Wurden schlimmer, ihr Eindruck. Am Freitagvormittag also wieder zu Dr. Hammerschmidt.

Termine am Vormittag, die immer verfügbare Gisel. Beim letzten Besuch der Sprechstundenhilfe gesagt: Nein, an dem Tag könne sie leider nicht, sie habe etwas vor.

An Schmerzen nicht zu viel denken, Gisel, weil dann haben sie gewonnen. Denken: So verhalten sich die Dinge.

Es fing wieder an zu schneien. Der letzte Schnee noch gar nicht geschmolzen. Kaum geräumt auch. Pinguin-Gisel über Schnee und Eis.

Ach, Hermann! Wie du den Schnee geliebt hast, wie sonst niemand über zwölf. In der einen Nacht, da ging es dir schon nicht mehr so gut, mich geweckt: ›Komm, Gisel, wir fahren Schlitten!‹ Süßer Mundgeruch.

Haben sie gemacht. Noch mal gejauchzt zusammen. Danach tat alles weh. Drei Monate später war Hermann tot.

Ein Rascheln, kam jemand? Gisel hechtete nach der Gießkanne, als wäre das Knie eins a und topp.

Ein Eichhörnchen nur.

Schreckhaft geworden. Auch das.

Nicht zu viel »auch das« denken, Gisel.

Sie drohte dem Eichhörnchen mit dem Finger.

Das Erschrecken tat ihr aber gut, denn jetzt war sie sauer auf Hermann. Weil sie fror. Wärest du noch am Leben, müsste ich keine Zeit verbringen hier!

Nicht zu viele vergebliche Gedanken, bitte.

Gisel warf einen Schneeball gegen den Grabstein. Aber einen kleinen. Weil, mit Hermann konntest du nicht sehr böse sein und auch nicht für lange. Genau das hatte sie manchmal zusätzlich geärgert. Dass Hermann sich immer so klug entschuldigt hat, nachdem er sich genau überlegt hatte, was die Kränkung war oder welchen Fehler er gemacht hatte. Sie hat gelegentlich aber trotzdem auf seine Entschuldigung erwidert: Darum geht es doch gar nicht!

Dabei ging es genau darum.

Ach, Hermann.

Gisel überkam große Lust, dass Hermann sich jetzt sofort für irgendetwas bei ihr entschuldigte. Für die Kälte. Oder ihr einen Fehler verzieh. So viel gab es bei Gisel allerdings nicht zu verzeihen. Die selbstbewusste Gisel.

Einem geliebten Menschen böse sein sollte niemandem schwerfallen. Beide schweigen dann eine Weile, oder einer geht Holz hacken, der andere Zugvögel gucken, oder was man halt gerne macht, und schon hat man Kraft, um einander wieder wohlgesonnen zu sein. Und sich auch wieder zu streiten, wenn es sein muss, ja.

Fror, fror. Diese Strumpfhose!

Wegen Kälte hatte Mutter links nur drei Finger gehabt. Na ja, wegen Kälte und wegen Nazideutschland. Auf der Flucht im Winter, der Himmel blau, am Wegesrand die Toten et cetera. Gisel fürchtete sich deswegen vor dem Winter sehr, wäre am liebsten bis Juni nie ohne ihre Handschuhe raus.

Mach, dass du nach Hause kommst, Gisel! Die Zehen und die Waden prickelten stumpf. Fortschritt dies, Innovation das, aber solche Strumpfhosen. Bestimmt waren nicht mal mehr die teuren gut.

Auf Wiedersehen, Hermann.

Und sie blieb doch noch. Was wartete auf sie? Der Haushalt und ein Buch und das Bett frisch beziehen. Gegenüber klingeln, damit die Spanierin oder der Pfälzer ihr mit dem Bett helfen.

Sie platzierte die Gießkanne wieder auf das Grab, der Ausguss zeigte weg von Hermann. Brachte doch sicher nichts. Ulla hatte ihr davon erzählt. Sie war sich über das Prozedere aber auch unklar. Ulla kam aus dem Saarland. Vermutlich bedeutete die Gießkanne nur auf den saarländischen Friedhöfen was, die sind ja auch sonst ein eigenartiges Völkchen, die Saarländer, siehe Ulla.

Es geht nicht um die Liebe, jetzt bleiben wir doch bitte sachlich!

Auf Wiedersehen, Hermann. Bis morgen.

Gisel nahm die Gießkanne mit und stellte sie zurück zu den anderen am Brunnen.

Schönes Schneegestöber, schön langsam, Gisel.

Vor der Schule die Grüppchen. Grüppchen mit Steppjacken, Grüppchen mit nur Mädchen. Grüppchen mit breiten Hosenbeinen, die sahen amüsant aus.

Eine neue Sorte Kinder. Standen mehr still als wir, nicht? Keine so gute Körperhaltung.

Was wusste sie schon?

Nicht so viel über einen Kamm scheren, Gisel.

Die Jüngeren zeigten einander etwas auf diesen Uhren. Das sind solche Uhren, die Eltern wissen nie nicht, wo ihre Kinder sind.

Wenn Mutter immer gewusst hätte, wo Gisel war! Was

für eine schreckliche Vorstellung. Also, als Kind zu wissen, dass jemand immer weiß, wo du bist.

Was zeigte die Uhr an, hätte Hermann so eine?

Die Batterie wäre nach vier Jahren leer, Gisel!

Gisel war nicht gläubig, um Gottes willen, sich auch darum kümmern müssen, also nein.

Ohne ein Grüppchen war nur ein Junge. Er lehnte an der Tischtennisplatte und biss in einen Apfel. Möglicherweise gab es kein Jogginghosengrüppchen. Eher kein türkisches. So ein Viertel war das heute. Vor fünfzig Jahren hätte er nicht allein herumgestanden. Arbeiterviertel, Gastarbeiterviertel, Studentenviertel und jetzt Airbus-Ingenieure-Viertel.

Der Junge war nicht nur zufällig allein. Gisel kannte sich aus. Hatte sich selbst ohne ein Grüppchen durch ihre Schulzeit schlagen müssen. Kleiner gewachsen als alle und die ewigen Druckerschwärzehände. Man findet immer was, wenn man was schlecht finden will. Verlacht worden.

Lang war das her, aber etwas in Gisel bewegte sich, als sie den Jungen so sah.

Ach, misch dich nicht ein, Gisel.

Mischte sich aber ein. Eines der Grüppchen marschierte nämlich los in seine Richtung, derer fünf. Etwas in Gisel. Wie die marschierten. Wie sie die Knie hoben.

Der Junge schien deren Kommen nicht zu bemerken. Biss genüsslich in den Apfel.

Die fünf rannten los, und Gisel rief eine Warnung: »He!«

Der Apfeljunge sah auf, und es wäre nicht zu spät gewesen, um zu reagieren, aber er reagierte nicht. Eine Welle aus Steppjacken schlug um ihn, bedrohlich nah. Der Apfel landete im Schneematsch.

Die Grüppchen musterten Gisel. Ihre dünne Strumpfhose. Ihre Handschuhe. Ihr Handtäschchen. Ihr Mantel war älter, als manches Grüppchen insgesamt alt war.

Der Junge hob den Apfel auf.

Gisel hin. Kramte ein Taschentuch raus. Für den Apfel.

»Kann man den noch essen?«, fragte der Junge. Gefasst, Grübchen, Brille.

»Sicher.« Gisel räusperte sich. »Nur vielleicht nicht vor den anderen.« Sie zwinkerte ihm zu. Wollte Komplizin sein.

Der Junge zuckte mit den Schultern. Nahm das Taschentuch nicht. Schnalzte mit der Zunge und wandte sich zum Gehen ab. Ein hinkender Gang. Des Dankes kein Wort.

Gisel mit dem Taschentuch in der Hand, dort. Na ja.

Die Schule war ein Krankenhaus früher. Sie hatte selbst dort gelegen. Im zweiten Stock. Gisel berührte die Stelle am Bauch, wo die Narbe war.

Komm, Gisel, geh nach Hause.

Aber was ist so schwer jetzt auf ihrer Brust? Drückte ihr den Atem weg. Gisel griff nach der Ampel, ein Segelmast im luftstillen Sturm. Etwas auf der Brust. So eine Gisel, eine so atemlose, kannte Gisel nicht.

Du wirst doch nicht an einer Ampel sterben, Gisel! Doch nicht so kurz vor deinem Zuhause. Die Knie gaben nach. Bürgersteig aus Schaum. Jemand rief. War das ihr Name? Es kam von der Schule. Der Platz wie verwandelt: die Grüppchen fort, einzig der Junge mit dem Apfel noch da.

Er hob den Arm.

Ja, hilf mir doch!

Gisel schnappte nach Luft, bekam Luft, atmete durch, wollte leben. Aufrichten konnte sie sich nicht. Eine Frau griff ihr unter die Arme. Ein weißer Pudel an ihrer Seite. Im ernsten Blick der Frau las Gisel, wie ernst es war.

Die Frau stützte sie.

Ich weiß nicht, die Luft.

Ja, geht wieder, glaube ich, bleiben Sie bitte noch kurz da, bitte. Danke. Ich danke Ihnen.

Nur Kreislauf bestimmt. Mehr Leute kamen hinzu, das war ihr jetzt etwas unangenehm. Geht, geht wieder, danke. Konnte sich von selbst von der Ampel lösen.

Wollte weiter, nein, kann ich allein, danke.

Der Junge fiel ihr wieder ein. Gisel sah sich um – er lehnte wieder an der Platte. Hatte einen frischen Apfel in der Hand.

Nur Kreislauf. Einen Fuß vor den anderen, Gisel. Was war das? Bis auf das Knie und die Hüfte auf langen Distanzen und den mitunter wirren Kopf war ihr Körper doch noch im Lot. Das Haar etwas dünn geworden, na gut, am dünnen Haar stirbt man nicht. Und wer über achtzig hatte keinen wirren Kopf, bitte?

Turnen donnerstags nach den Basketballkindern.

Hermann ist in drei Vereinen gewesen, sie bis zu seinem Tod in keinem. So was rächt sich.

Gisel bog in ihre Straße ein. Immer schon ihre gewesen. Leute fanden es amüsant, wenn sie sagte: »Ich bin im Leben nur ein Mal umgezogen: aus dem vierten in den dritten Stock.« Viele Anekdoten und Scherze hatte Gisel nicht parat. Aufmerksamkeit auf sich lenken war ihre Sache nicht. Unterhalten. Einen Raum betreten und alle so: Oho! Wer betritt da den Raum?! Nein.

Hermann war auch nicht so gewesen. Fand Gisel gut. Gibt wenig Ermüdenderes als einen Mann, der im Mittelpunkt stehen will.

Es ging, es ging wieder. Nur Kreislauf.

Die Kirche jetzt, dieser Backsteinklotz. Sie hörte Musik, eine Probe wahrscheinlich. Das war so eine Kulturkirche jetzt mit Konzerten und Lesungen und so was. Ein zweites Standbein, nachdem die Religion so ein bisschen den Bach runtergegangen war.

Ihre ganze Familie war nicht besonders religiös. Mutter kniete vor dem Schlafengehen ab und an am Bett und flüsterte vor sich hin. Vater pflegte, wenn jemand fluchte, den Satz zu sagen: »Der Teufel hört das alles.« Auch wenn er selbst derjenige war, der fluchte.

Vorsichtshalber fluchte Gisel nicht.

Der Teufel hört das alles.

In der Hölle, wenn es sie gab, würde es relativ genauso weiterlaufen wie hier, dachte sich Gisel. Pfannenkäse allein für sich braten, zu dünne Strumpfhose und zu wenig Geld am Monatsende, um aushäusig essen zu gehen, und beim Seniorenturnen auf dem Stuhl einschlafen und von der dynamischen Turnlehrerin sanft geweckt werden.

Mit Hermann war nicht alles leicht gewesen, aber das meiste. Und darauf kommt es im gemeinsamen Leben an, dass man es miteinander meistens leicht hat.

Mit Hermann war immer jemand da: Hermann.

Mit Hermann brauchte sie nicht zaudern. Oder Hermann zauderte mit, das war auch schön. Jetzt zauderte sie permanent und allein. Zauder-Gisel. Zauderte, von sich aus jemanden anzusprechen, der auf regelmäßiger Basis mit ihr zaudern würde.

Die Idee mit der Gießkanne gefiel ihr deswegen: Weil sie die Angesprochene wäre und den Zeitpunkt und Ort sogar selbst bestimmte: Friedhof, heute.

Oder der andere sagte einfach: Jetzt mach.

Wie Hermann. Jetzt mach, Gisel.

Oder wie Gisel: Jetzt mach, Hermann.

Es musste doch nicht alles sein wie mit Hermann! Könnte es auch nicht. Fünfzig Jahre plus mit jemandem zusammen, das machst du keine zwei Mal, das wäre, rein vom Verwaltungsaufwand, der reinste Franz Kafka.

Sie könnte mal zur Kultur, wenn es Kultur in der Kulturkirche gab. Außer, es gab Jazz. Menschen, die Jazz hörten? Gisel wollte lieber kein Risiko eingehen.

Gisel an der Haustür. Wie gut es wäre, wenn dahinter ein Gebäude läge, in dem sie alle Entscheidungen schon getroffen hätte.

Also los. Tür auf, in den Briefkasten schauen (für die Katz), riechen: Was kochen die Nachbarn?

Im ersten Stock briet jemand Zwiebeln scharf an. Die neuen Nachbarn leisteten sich Haushälterinnen und Kinderfrauen, die traf Gisel häufiger als die Nachbarn selbst. Südamerikanerinnen, ja.

Niemand von früher wohnte mehr im Haus. Alle mussten ausziehen oder sterben. Immobiliendänen hatten auch Gisel ein Angebot für ihre Wohnung gemacht. Sie hat gefragt: Und was dann?

Und weiter. Zwölf mal sechs Stufen.

Bis zuletzt, bis Hermann nicht mehr konnte, hatten Gisel und er sich viel bewegt. Also, sie haben nicht die Lüneburger Heide in Grund und Boden gewandert, aber einiges an frischer Luft an der Elbe geatmet und jeden Sonntag bei jedem Wetter eine Radtour unternommen. Nicht bei jedem Wetter, aber gefühlt bei jedem Wetter. Sagen wir: bei jedem dritten Wetter. Zwischen April und September.

Hauptsache, nicht vor dem Fernseher dahinsiechen. Wobei, das haben sie gelegentlich auch getan. Gegen ein bisschen Siechen mit Hermann war rein gar nichts zu sagen.

Ohne Hermann gelang Gisel körperlich einiges nicht mehr. Das durfte man sich eingestehen, ohne sentimental zu werden. Eine Fahrradtour? Bis hier, dann Knie und absteigen, dann aufsteigen, dann weiter, dann wieder Pause, dann weiter, dann Blase? Dann lieber gar nicht aufsteigen.

So wie jetzt, Pause im zweiten Stock.

Seit Hermann tot war, konnte Gisel die eigenen Mängel nicht mehr gut ignorieren. Zu zweit hielten sie das Fragile und den Schmerz noch aus.

Vielleicht hätte sie ehrlich sein müssen und Ulla von ihrem Körper erzählen, als die gefragt hatte, Gisel, warum verreist du nicht mal?

Der Körper war das eine, Geld das andere. Die Reisen, die

sie gerne machen würde, kamen nicht in Frage. Angeln im Eis. Mit so einem Loch. Gisel wollte nicht so jemand sein, der sich bei anderen über Körper und Geld beschwerte.

Ihre Antwort an Ulla war diese: Sie setze sich doch nicht in so einen Rentnerbus, um in eine Rentnerstadt kutschiert zu werden, Kassel oder Lübeck oder so was, und sie kraxele auch nicht auf einen freudlosen Berg, um sich eine freudlose Führung durch eine freudlose deutsche Burgruine reinzuföhnen mit anschließend Suppe und mit anderen Reiserentnern über die Suppe reden. »Dann lieber an Gelenkverschleiß sterben!«, polterte Gisel. War alles ein bisschen unsachlich, Ulla gegenüber, die doch nur helfen wollte.

Die lachte aber bloß und sagte mit ihrer lieben, etwas schrillen Ulla-Stimme: »Ach, Giselchen. Du stehst dir selbst im Weg.«

Ulla machte jedes Jahr im September eine Flusskreuzfahrt auf einem deutschsprachigen Fluss. Und immer schlug sie Gisel vor, mitzukommen. Als Hermann vor vier Jahren starb, war Gisel fast so weit gewesen. Dann aber lernte sie Ullas Kreuzfahrt-Freundinnen kennen: geliftete Villenbewohnerinnen aus den Elbvororten, bunt und gepflegt wie ein botanischer Garten und anstrengend wie Labskaus.

Worüber die immer redeten! Kunstankäufe! Theater! Botox! Gisel konnte mit denen nirgendwohin, weil sie unter keinen Umständen hätte garantieren können, die eine oder die andere nicht irgendwann über die Reling in, zum Beispiel, die Mosel zu schubsen.

Ach, Gisel.

Sie war vor ihrer Wohnungstür angekommen und kramte nach dem Schlüssel in der Handtasche. Das junge Ehepaar von gegenüber trat in den Flur. Die Spanierin und der Pfälzer. Freundliche Leute. Grüßten, erkundigten sich nach Gisels Wohlergehen, so war das fein.

Sie beraten beide beruflich Unternehmen psychologisch. Ein Töchterchen, fünf Jahre alt, mit einem schönen Namen, den Gisel gerade nicht parat hatte. Die Kleine spielt Klavier, spricht Spanisch, Pfälzisch, Deutsch und lernt Englisch in der Kita und will, wenn sie groß wird, Unternehmen psychologisch beraten.

Wirklich freundliche Leute. Kauften während Corona für Gisel ein und installierten ihr das Glasfaserinternet. (Würde sie gern wieder wegmachen. Es war teuer, und das Internet davor war ihr sympathischer, weil es zauderte und langsam war, Gisel konnte das sehr gut nachfühlen.)

Sie wartete, bis das Ehepaar ein Stockwerk tiefer war, dann klingelte sie. Wie schön es wäre, wenn Hermann jetzt einfach aufmachte.

Seit er tot war, waren die Schlüssel mehr geworden.

Gisel ertastete zwischen den Fingern den richtigen, schloss auf, trat ein. Sagte leise: »Ich bin wieder da.«

Mit der Traurigkeit war Gisel am liebsten allein, was gut passte, weil wenn Gisel allein war, war sie meist traurig. In Gesellschaft, mit Ulla zum Beispiel, kam es für sie nicht in Frage, traurig zu sein. Bei Ulla konkret auch deswegen, weil Ulla so eine Plaudertasche war. Und weil Ulla sich ehrlich mühte, dass es Gisel gutging. Was Gisel ehrlich guttat, ja.

Sie hatte nie Angst vor Einsamkeit gehabt. Hatte sich gar nicht vorstellen können, einsam zu sein. Immer gab es zu tun. In der Druckerei noch bis nach Rentenbeginn. Und immer gab es Hermann.

Und jetzt war es so, dass Gisel in die Wohnung kam und ihre Stiefel nicht ausgezogen bekam und außer Atem geriet und stöhnte, und als sie sich stöhnen hörte, in Tränen ausbrach.

Kein Selbstmitleid, Gisel!

Doch, Selbstmitleid, warum denn auch nicht?

Und lief weinend in Stiefeln in die Stube.

Fütterte die Fische, das half gegen Tränen.

Fühlten die anderen Friedhofsgänger sich auch allein? Natürlich. Manche kannte sie vom Sehen. Traf sie die länger nicht, waren sie tot.

Könnte sie sich aussuchen, wer sie wegen der Gießkanne ansprach, Nummer eins wäre die Schiebermütze. Sie hatte nachgeschaut: Herr Leip. Seine Hannelore war ebenfalls vor vier Jahren verstorben.

Grüßten einander seit über einem halben Jahr, sonst aber kein überschüssiges Wort. Zuletzt hatte Herr Leip die Mütze zum Gruß leicht angehoben. Gisel wäre beinah aus dem Jahrhundert gefallen! Albern. Aber dann hatte sie den ganzen Tag über die Geste nachgedacht. Alte Schule. Gentleman. Statt aber mal stehen zu bleiben, und ein Gespräch anzuschieben, schoss Gisel seitdem an der Schiebermütze vorbei, als wäre sie spät dran. Seit vier Jahren war Gisel nicht mehr irgendwo spät dran gewesen.

Herr Leip mit der Schiebermütze sah aus wie ein altmodischer, aber gut sortierter Aktenschrank aus Eichenholz: schritt dahin geraden Rückens, trug Brauntöne und dazu passende blaue Augen. Aber darum ging es doch nicht!

In Büchern ging es meistens um Liebe: Kam eine Frau vor, kam auch die Liebe vor. Gisel mochte solche Bücher nicht. Sie mochte Bücher, in denen eine Frau vorkam, und ein Flugzeug stürzte ab, und die Frau war die einzige Überlebende und schlug sich, bewaffnet mit einer Zahnbürste, fortan durch die Wildnis. Sie zähmte einen Bären, der ihr treuer Begleiter wurde.

Wobei, die Schiebermütze durfte sich ruhig verlieben. So war das jetzt auch wieder nicht. Und natürlich hat Gisel sich auch eine Schiebermütze auf dem Flohmarkt gekauft. Trug sie bisher aber nur zu Hause.

Jetzt in aller Ruhe: Angenommen, sie platzierte die Gießkanne auf dem Grab mit dem richtigen Vorne nach vorn. Angenommen, die Schiebermütze verstand, was das bedeutete.

Was dann?

Sich die Zeit vorzustellen und all die Worte, die es brauchte, um einander besser kennenzulernen, zwei Menschen, die so viel mehr Vergangenheit besaßen als Zukunft, so viel mehr alte Geschichten als neue Pläne, bereitete Gisel keine Freude. Es gab viel zu viel über sich zu sagen, wenn man so lange gelebt hat.

Man könnte Regeln ausmachen: Vergangenheit machen wir dienstags. Mittwochs schmieden wir Pläne.

Das waren jetzt so Gedanken und Vorstellungen von Gisel beim Abendessen. Sie schob das Fleisch auf dem Teller hin und her. Aß am Tresen in der Küche. Ja nicht den Tisch decken mit nur einem Teller.

Sie hörte Deutschlandfunk. Was heißt schon *hörte* – das lief einfach im Hintergrund, damit es eine Stimme hier gab, die nicht ihre eigene war. Es durfte bloß nichts Politisches sein mit Höreranrufen, die waren schwerer auszuhalten als die Stille.

Die eigene Stimme kam, wenn Gisel sich räusperte. Gisel räusperte sich zuletzt viel. Am Freitag bei Dr. Hammerschmidt auch das Räuspern einmal abklären.

Sie war satt. Gähnte. Den Abwasch dann morgen.

Schlug die Zeitung auf. *Seit Tagen werden Leichen an türkische Strände geschwemmt.* Legte die Zeitung weg.

Kreuzworträtsel im Bett. In Hermanns Pulli. Nicht aus nostalgischen, aus Gaspreisgründen. Ihr Leben als Rentnerin hatte Gisel sich als sehr gut beheizt vorgestellt. Gern sogar ein kleines bisschen *zu* beheizt. Und dass Hermann ihr trotzdem noch eine Wolldecke bringt. Was wussten Männer schon von Temperaturen?

Dass es aber so kommen würde. Am Anfang des Monats das Ende des Monats ausrechnen müssen. An die Reserven gehen. Obwohl immer gearbeitet.

Ach.

Zögerlicher Mensch. Z A U _ _ _ _ _

Norwegische Provinz. _ _ _ M _

Das hätte Hermann vielleicht gewusst, wegen Henrieke. Henrieke! Morgen war Sonnabend, und sonnabends telefonierte sie mit ihr. Sie war die einzige Person, außer Ulla, mit der Gisel nicht wegen eines Termins telefonierte. Seit sie in Rente war, lebte Henrieke in Norwegen mit ihrem Morten und ihren Rentieren.

Nein, also mit den Rentieren lebte sie nicht, Gisel mochte bloß die Vorstellung, dass da welche sind.

Lustig – Druckereiberuf: S _ _ _ E R

SETZER.

Setzerin. In der Druckerei die Setzmaschine schon als Mädchen bedienen können. Da war sie wie alt? Zehn, elf? Der Stolz, mit den Erwachsenen mitzumischen, eine echte Aufgabe zu haben. Und die Angst, einen Fehler zu machen. Damit Vater sich nicht grämte. Der Geruch von Metall auf der Haut aller Dinge.

Die Haut betreffend. D _ R _ _ L

Trockene Haut. Arbeiterfamilie. Vaters trockene Haut.

Ein Duckmäuschen war Gisel nie gewesen. Überall die Kleinste, vielleicht deswegen. Sich immer behaupten müssen. Auch in der Druckerei. Zu klein für die Setzkästen, eigentlich auch für die Linotype. Half sich eben mit einem Schemel. War ihr egal, dass sie feixten. Also nicht egal. Aber sie konnte es ab.

Wollte nie nur ihres Vaters Tochter sein. Musste sich für ihn doch extra anstrengen – weil er mit ihr extra streng war. Ihr Berichtsheft war das ausführlichste, ihre Proben makellos, die Zuschnitte akkurat, der Arbeitsplatz aufgeräumt. Nicht weil sie Lob wollte, sondern weil sie begabt war und nicht faul.

Die Sprüche kamen trotzdem.

Der Hansen stand auf sie, ja. Vierzehn Jahre älter! War

aber der Unangenehmste, ist das nicht komisch? Sie gefiel ihm doch! Die gehässigsten Einfälle.

Männer! Na, ist doch wahr.

Beste Noten gehabt, und Hansen sagt, sei ja klar, dein Alter kennt alle Lehrer persönlich.

Gisel gekränkt. Hatte gepaukt bis in die Nachtstunden.

Sie hat gerne in der Druckerei gearbeitet, wo die Leute Auszüge aus ihrem Leben hinbrachten. Wünsche und Pläne, Reden und Einladungen, Jubiläen und Feste.

Gisel las alles. Verzierte biografische Höhepunkte auf dem Papier. Las Schwüre der Liebenden und auch Abschiede für Verstorbene. Ganze Leben setzte sie: Geburtstag, Kommunion, Schulabschluss, Eheschließung, erstes Kind, zweites Kind, Scheidung. Also die Scheidung war kein Druckauftrag, die kriegte Gisel so mit.

In der Werkstatt immer Lärm. Der Maschinen und der Menschen. Zu Hause mehr Stille als Sprache. So viele fremde Sätze hat er gesetzt und gedruckt, der Vater, so viele eigene Sätze nicht geäußert. Mutter auch. Freudlose gemeinsame Mahlzeiten. Was heißt schon gemeinsam. Verlässlich war nur die Müdigkeit.

Hätte Mutter etwas anderes sein wollen als Hausfrau? Nie gefragt. Als einmal Vater sich bei ihr erkundigte, was sie denn machte, während er auf der Arbeit und Gisel in der Schule war, hatten die Türen geknallt.

Um siebzehn Uhr las Vater eine Stunde in der Zeitung.

Spiel leiser, Gisel. Geh hinaus, Gisel.

Stiller, verhaltener Zorn: _ R _ L L

Herrische Person: D _ _ _ _ T

Lebensbund: _ H _

Die Sonntage waren am schwierigsten. Weil sonntags die Zeit, die man miteinander verbringen musste, am längsten war.

Zuneigung: _ Ä _ _ L _ _ _ K _ I T

Keine Zärtlichkeiten. In der Sprache nicht, nicht in den Berührungen.

Kaum Besuche, wenige gemeinsame Freunde.

Kohlgemüse und Eifersucht. Und trotz all dem lebenslang zusammengeblieben und am Ende haltlos geweint, der Vater, bitterlich.

So verhielten sich die Dinge.

Mutter hätte auch geweint. Ein bisschen vielleicht vor Erleichterung auch.

Weiblicher Vorname: G I S E L A

Jetzt aber mal langsam! Hatte jeder gesuchte Begriff mit ihr zu tun? Spalten und Zeilen ihres Lebens, in Kästchen geteilt. Gisel, du Rätsel. Trag ein, was dich ausmacht, sodass du senkrecht und waagrecht einen Sinn ergibst.

Mutter an der Nähmaschine. Du glühst ja, Kind.

Scharte. _ A _ _ _

NARBE. Am Bauch. 1960.

Aber die norwegische Provinz, was hatte das zu bedeuten? Wollte das Rätsel ihr sagen: Ab nach Norwegen, Gisel! Die Lösung war TROMS. Gisel hatte das aber so was von nachgeschaut im Glasfaserinternet, und jetzt gab es dafür ein Schokolädchen, weil sie mit sich zufrieden war. Zucker hilft beim Einschlafen. Alles andere ist ein Ammenmärchen.

Strauch mit Nüssen: H _ _ E L

Haselstrauch im Hof. Wächst heute noch am Hinterhaus. Nach dem Krieg lebten dort für kurze Zeit die Polen. Nach dem Krieg, nach der Zwangsarbeit. Messerschnitzereien und Lieder und Würfelspiel und Dreck und behaarte Unterarme. Modder. *Halo Medchen*.

Heute lebte dort ein junges Ehepaar, das die Tochter in eine Grundschule geklagt hat, die nicht so viele Migranten besuchen.

Haselstrauch, und im Haselstrauch damals die gut versteckte kleine Gisel. Welche Nachbarn bei den Polen ein und aus gingen. Es waren immer nur Männer. Gisel verstand nicht. Was wollten die? Schien verboten. Allemal geheimnisvoll. Wie sie sich umsahen. Wie verhuscht sie über den Hof eilten.

Einmal traute Gisel sich ans Fenster vom Polenhaus. Sagte man so. Die Männer spielten ein Würfelspiel. Mehr war nicht.

Gisel hat so einiges vergessen. Nicht vergessen hat sie die weichen Konsonanten, wenn die Polen sangen. Nicht das Klacken der Würfel im Holzbecher.

War alles gewürfelt? Margarine gewürfelt. Suppe gewürfelt. Die Augen fielen immer gleich: Schule, Druckerei, Haushalt.

Ein Pole hatte ihr zum Abschied eine geschnitzte Pfeife geschenkt. Warum?

Vater war mindestens Mitläufer gewesen.

Mutter, der Flüchtling.

Iss, Gisel! Jetzt ist aber Schluss, Gisel!

Alltag gewürfelt.

Lebenslang der Hafen in Hörweite. Das Klappern und Rumpeln von Metall, Ächzen der Containerseile, Knarren von irgendwas.

Barfuß durch den Flur, damit Mutter und Vater nicht hörten, wenn Gisel sich rausschlich, um an die Elbe zu gehen.

Silberstreifen am Horizont: H _ _ F _ U _ _

Wozu diente der Winter?

Etwas erholte sich.

Die allmähliche Verlangsamung der Finger beim müder werdenden Denken.

Klaviergeklimper jetzt. Clara! So hieß die kleine Pfälzerspanierin, übte Klavier. Um zehn Uhr! Ist doch schön, ein kostenloses Konzert. Ein bisschen experimentell. Gisel tippelte mit den Zehen, ihren Klaviertasten, unter der Decke zur »Melodie«.

Erinnerte sich an ein Fest in den Siebzigern mit Hermann. Wegen Klavier vielleicht. Paartanz, alle hübsch zurechtgemacht, auch die Männer. Nicht wie heute, wo die Leute herumliefen, als hätten sie jedes vierte Kleidungsstück angezogen und dann viel Glück.

Nicht reaktionär werden, Gisel!

Druckereiinstrumente bespielt, wozu diente ihr das heute?

Schlief ein.

Wachte auf, weil ihr die Brille von der Nase gefallen war. Legte das Rätselheft weg, die Brille. Gähnte.

Die seltenen langen Unterhaltungen zwischen Mutter und Vater – wurde nicht gestritten, gähnten irgendwann beide sehr.

Schlief wieder ein.

Diesmal weckten die Mäuse sie.

Scharrend im Gemäuer. Gab schon eine Hausversammlung ihretwegen.

Das Alter ist ein kaltes Fieber
im Frost von grillenhafter Not.
Hat einer dreißig Jahr vorüber,
so ist er schon so gut wie tot.

Woher kam das auf einmal?

Schlief ein. Fühlte sich beobachtet. War sie wieder wach? Was sah die Person? (Sofern sie gute Augen hatte, war ja stockdunkel.) Nur das Gisel-Gesicht und die Gisel-Frisur oberhalb der Decke. Ihr Haar war zu lang. Müsste mal wieder zu Jutta. Ein Termin! Und, links und rechts vom Körper weg, die Arme auf der Decke. Die Arme als Paddel. Eine unerschrockene Gisel im großen Bett, wie im Ozean ein kleines Boot.

Das gefiel ihr. In die Dunkelheit rief sie: »Gisel, wie im Ozean ein kleines Boot!« Gegen die Strömung der Finsternis und Angst jetzt.

Da ist niemand, Gisel.

Und wieder ab und in die Träume.

Der Junge mit dem Apfel lehnte an der Kommode im Schlafzimmer und aß den Apfel geräuschlos.

Das Knie weckte sie diesmal. Knieschmerzen im Liegen, jetzt war aber mal genug!

Die gesuchte Phrase vom Kreuzworträtsel lautete:

VERWEILE DOCH
Wie enttäuschend.
Verweile doch.
Ach, scheiße auch.

Am Morgen: Alles weiß und schneite weiter. Heute war Gisel mit Ulla zum zweiten Frühstück im *Katelbach* verabredet. Das erste Frühstück: Marmelade im Bett direkt aus dem Glas, dazu ein Buch.

Es gab nicht nur Ulla, so war das nicht. Ulla traf sie bloß am liebsten. Henrieke hatte es gegeben, bevor sie wegzog.

Ein paar gemeinsame Freunde von Hermann und ihr gab es jetzt noch. Früher mit Kinobesuchen, lang ist der letzte her, eine deutsche Komödie, wie hieß die noch, war nicht komisch. Es wurde gemeinsam gekocht. Ausflüge mit dem Rad die Elbe runter. Spielabende. Was man so machte. Fand alles nicht mehr statt. Gisel hätte gar nicht sagen können, warum nicht. Außer bei den Kranken.

Gerhard und Heinrich gab es, zwei ehemalige Kollegen aus der Druckerei. War Gisel aber zu doof, Fußball und Witzchen.

Aus ihrer Familie lebten nur noch Dirka und Dörthe, die Cousinen. Mit ihnen war der Kontakt auf Feier- und Geburtstage beschränkt. Hatten einander aber auch als Kinder nicht viel mehr zu sagen gehabt als: »Das ist meins« und »Lass das«. Auch später war es so, bei den ganzen Erbsachen, ach, ach, ach.

Im Hof baute das Töchterchen des arisch eingenordeten Ehepaars aus dem Hinterhaus einen Schneemann.

»Schön, der Schnee.« Gisel versuchte es so. Kam näher mit kleinen Schritten. Nicht auch noch stürzen.

Das Mädchen nickte und lächelte. Nasenspitze, rot. Süß. Konnte ja nichts für ihre bescheuerten Eltern.

»Magst du eine Karotte haben?«, fragte Gisel.

»Danke, nein. Wir haben gerade gefrühstückt.«

»Ich meine für den Schneemann.«

»Ist eine Schneefrau.«

»Was ist der Unterschied?« Gisel sah keinen Unterschied.

»Na ja, das Geschlecht.«

Die Kleine drückte dem Schneemann, nein, der Schneefrau, Steinchen als Augen in den Kopf. Ein bisschen gewalttätig, fand Gisel.

Wusste nicht, was weiter. Wollte, dass die Unterhaltung gelang. »Bist du heute nicht in der Schule?«

»Heute ist Sonnabend. Da ist keine Schule.«

»Ach.« Seit sie nicht mehr arbeitete, vergaß Gisel ständig, welcher Tag es war. Die meisten fühlten sich irgendwie nach einem Dienstag an.

Das Mädchen holte Besen und Schaufel aus dem Geräteschuppen. Den Besen drückte sie der Schneefrau vorsichtig in die linke Seite, die Schaufel rechts. Kleine Brocken Schnee lösten sich.

Das Mädchen trat einen Schritt zurück und begutachtete die Schneefrau. Sie lächelte, schien zufrieden.

»Warum denn Besen und Schaufel?«, fragte Gisel.

»Das ist unsere Putzfrau«, sagte die Kleine.

»Ach, ja?«

»Die ist auch dick und sagt nicht so viel.«

Der Haselstrauch, dieser Geräteschuppen und Gisel waren die ältesten Bewohner hier. Alle drei erfüllten nur noch eingeschränkt ihren Zweck. Die Hasel trug seit 1989 keine Früchte. Der Schuppen war nur zur Hälfte begehbar, da eine Wand eingestürzt war und als Haufen loser Backsteine den Mäusen ein Zuhause bot.

Und dein Zweck, Gisel?

Gerade das Mädchen wegen der Anmerkung mit der Putzfrau und *dick* und *sagt nicht so viel* tadeln.

Andererseits: Dass jemand übergewichtig war und schweigsam, weil er vielleicht die Sprache nicht sprach, das war erst einmal keine Beleidigung, sondern eine Beobachtung. So wie der Besen und die Schaufel.

Gisel trotzdem: »Weißt du was? Das ist nicht so nett, was du gerade gemacht hast und was du gesagt hast.«

Bereute es sofort.

Das Mädchen sah sie verwundert an. Die schrullige Alte. Ein bisschen erschrocken auch. Rannte ins Haus.

Ganz toll gemacht, Gisel, eins a!

Sie setzte ihre kleine Reise fort, trat, so schnell der Untergrund es zuließ, durch das Tor auf die Straße. Was sollte das denn, Gisel?

Direkt gegenüber hatte jemand groß und mit Schwung auf die Fassade geschrieben:

WELCH SCHAUSPIEL!
ABER ACH! EIN SCHAUSPIEL NUR

Hinter dem NUR lehnte der Junge mit dem Apfel. Wie ein Ausrufezeichen. Er ließ Gisel nicht aus den Augen, während sie die Straße überquerte, und sie ihn auch nicht.

»Warst du das?« Sie deutete auf die Beschriftung.

Er zuckte mit den Schultern.

»Es ist asymmetrisch«, sagte Gisel. »Die untere Zeile flieht abwärts. Die obere bleibt gerade. Unharmonisch für die Augen.«

Der Junge wandte sich nun doch der Schrift zu.

»Auch deine Typometrie ist Kraut und Rüben.«

»Typo-was?«

»Deine Buchstaben. Die sind unterschiedlich groß.«

»Ich war das nicht. Ich hab voll die schöne Schrift.«

»Ja ja, ich war es …« Ironische Gisel.

Der Junge schnalzte mit der Zunge. »Ich wollte eigentlich nur danke sagen. Wegen gestern.«

Gisel nickte. »Ich bin Gisel!«, sagte sie und streckte die Hand aus. Das hatte sie lange nicht mehr gesagt: Ich bin Gisel.

Warm, eine warme Hand in ihrer, heiß fast. Sie ließ sie schnell los.

»An der Klingel steht *Gisela*. Dritter Stock?«

»Ja?«

»Das ist so ein geiler Name einfach. Ich dachte, euch gibt es nur in Büchern, die wir für Deutsch lesen. Die Giselas und die Heinrichs und die Friedrichs.«

»Und wie heißt du?«

»Ich bin Aza.«

»Aza. Bedeutet das was?«

»Bedeutet Gisela was?«

»Ja, *die Lust auf einen Apfel hat.*« Eine Gisel, die scherzte!

»Sie sind witzig«, sagte der Junge, der ins Siezen wechselte, nachdem er sich etwas entspannt zu haben schien. Holte zwei Äpfel aus seiner Jacke. Einen reichte er ihr.

»Danke, Aza.«

»Nichts zu danken, Gisela.« Er zog die Schultern hoch, hinkte davon. Diese Jogginghose!

Gisel musste in die gleiche Richtung. Blieb aber stehen, biss in den Apfel, kaute. Sie wartete, damit sie nach dem guten Abschied nicht zu einem neuen Gespräch ansetzen mussten.

Der Kuchen wurde im *Katelbach* frisch gegen elf geliefert, also trafen Ulla und Gisela kurz nach elf ein. Nichts schmeckt schneller muffig als eine nicht mehr knackig frische Sahnetorte.

Katelbach: Kalter Rauch von den Nachtgestalten. Und mal wieder eine neue Bedienung. Löcher in der Jeans. Na ja.

Ulla zum Summen gut aufgelegt. Handspiegel, Puder, wie aus dem Kaiserreich in die Zukunft gereiste Freifrau von und zu, die funkelnde Handyhülle ausgenommen. Ein verlässliches Bündel guter Laune mit hochgestecktem Haar und sieben Ringen an sechs Fingern.

»Ulla?«

»Ja, Gisel?«

»Ich hab wen kennengelernt.«

»Sag bloß!«

»Nicht wie du denkst. Es ist ein Junge, ein bisschen abgerissen. Geht wohl vorn auf die Oberschule.«

Ulla, nachdenklich. »Ein neuer Enkeltrick vielleicht? Ich hatte seit über einem Jahr keinen mehr!«

»Ich vor Weihnachten erst wieder.« Gisel war jetzt doch nicht danach, Ulla von dem Jungen zu erzählen, und was gab es schon zu sagen. Sie räusperte sich.

»Gisel! Und du sagst nichts? Welcher war's? *Hallo, Oma, ich bins? WhatsApp?* Sag schon!«

»Falsche Polizisten.«

»Das ist kein Enkeltrick, Gisel.« Ulla wirkte enttäuscht.

Die Bedienung, blass, außer Atem, nahm die Bestellung auf und verschwand direkt auf dem Klo.

»Weißt du, wie der geht?«

Ulla verdrehte die Augen. Klar wusste sie so was. »Man bekommt einen Anruf von einer 110-Nummer. Angeblich wollen Diebe deine Wohnung ausrauben, also kämen gleich zwei Polizeibeamte vorbei, um deinen Schmuck und dein Geld an einen sicheren Ort zu bringen. Das sind dann aber keine Polizeibeamte, sondern verkleidete Albaner.«

»Bei mir war das anders.«

»Dann erzähl!«

»Das mit den Albanern sagt man heute nicht mehr, glaube ich.«

Ulla verdrehte wieder die Augen.

»Mich hat niemand angerufen. Bei mir haben zwei Polizisten an der Tür geklingelt, im Haus würde es nach Gas riechen.«

»An der Tür? Frech. Was hast du gemacht?«

»Die Tür zugeknallt.«

»Sahen die albanisch aus?«

»Ulla!«

»Was denn?!«

»Wenig später hat es wieder geklingelt. Zwei weitere Männer waren dazugekommen, verkleidet als Feuerwehrleute.«

»Die haben aber viele Kostüme.«

»Ich hab gar nicht mehr aufgemacht.«

»Gut!«

»Ja, na ja. Die gingen nicht weg und hielten Ausweise vor den Spion. Da dachte ich schon: Was, wenn es stimmt? Es hat nämlich eben ein bisschen nach Gas gerochen.«

»Gisel!«

»Und dann rannten auch noch die Nachbarn von oben das Treppenhaus herunter, und der eine Polizist gab den Funkspruch durch, dass da eine nicht rauswollte – das war ich –, und einer der Feuerwehrmänner holte die Axt heraus.«

»Gisel!«

»Pass auf, es wird noch besser.«

»Gisel! Sag bloß, war es etwa dein Herd gewesen?«

»Ich hab die Polizei angerufen.«

»Um herauszufinden, ob es einen Einsatz an deiner Adresse gibt!« Ulla, freudig erregt.

»Nein. Ich habe direkt gesagt, bei mir findet ein Betrugsvorfall statt mit falschen Polizisten.«

»Und Feuerwehrleuten und Nachbarn …«

»Die Nachbarn waren nicht falsch. Standen inzwischen alle auf der Straße. Spätestens als ich sie dort sah, war ich mir sicher, dass das Ganze eine ganz schön groß angelegte diebische Angelegenheit war. All die Leute aus ihren Wohnungen rauszukriegen, um die Wohnungen dann in aller Ruhe auszuplündern!«

»Das könnte wirklich sein!« Ullas große Augen.

»Nein, es war tatsächlich die Gasleitung gewesen!«

»Gisel!«, prustete Ulla.

Wie aus dem Nichts manifestierten zwei mächtige Stücke Schwarzwälder Kirsch sich vor den beiden. Die Sonne kam hinter den Wolken hervor und tauchte den Gastraum ins goldene Licht, und die Bedienung kratzte sich unter der Achsel, als sie wieder davonwackelte.

»Dass die alle denken, die könnten mit uns alles machen.« Gisel köpfte die Tortenspitze. »Die Immobilienmakler. Die Telekom. Die Polizei.«

»Aber das können sie nicht.« Ulla brachte ihre Gabel an Gisels Gabel. Sie stießen an.

»Na ja, manchmal können sie es schon.«

»Ja, manchmal. Sie können es manchmal.«

Gisel und Ulla schlossen die Augen, und in ihren Mündern zerfloss kirschsüßsäuerlich die Sahne.

Der Friedhof lag im Nebel. Merkwürdig. Alles sonst in klarer Sicht, nur der Friedhof grau in grau. Irritierend auch, so spät am Tage.

Immer mehr Bettler, nicht? Ein alter Mann hockte im Schneidersitz hinter der Pforte auf der schneebedeckten Erde. Kratzte sich unter dem Auge ohne Pupille. Nebelgrau, sein Augenweiß. Streckte, da Gisel durch die Pforte schritt, die Hand aus, sah mit dem einen heilen Auge an ihr vorbei. Unreine Bandage ums Gelenk.

Am Friedhof zu betteln, eine Idee mit Verstand, fand Gisel. Wer brachte es, angesichts der Toten, übers Herz, geizig zu sein? Vor den Toten, den Verwandten dazu, bist du dein bestes Du.

Gisel kramte drei Münzen aus ihrer Geldbörse, sie verschwanden klimpernd in den lumpigen Gewändern.

»Danke, guter Mann.«

»Frau«, sagte Gisel. »Frau.«

Am Brunnen war eine letzte Gießkanne noch übrig. Sonst hingen dort Dutzende. Glück gehabt, es war die mit der Delle an der Tülle: Gisels Stammgießkanne.

Und weiter, die Luft kühler, der Nebel dichter. Bunte Knöpfe am Nebelmantel des Friedhofs: die Blumen.

Im Nebel schwankende Gestalten, eine Prozession von Schatten. Geister? Warum nicht. War sie auf dem richtigen Weg?

Blieb stehen, schloss die Augen, atmete ein, atmete aus, und als sie die Augen wieder öffnete, war es, als hätte sie den Nebel weggeatmet. Eine Insel freier Sicht lag vor ihr. Darin ein Grab und ein Mann.

Das Grab: dunkle Weinranken um die Inschrift auf hellem Marmor. Gefiel Gisel. So geradsinnig Schwarz auf Weiß. Auch die Type: eine entschlossene Groteske. Überließ den Ranken das Geschnörkel.

Was glänzt, ist für den Augenblick geboren;
Das Echte bleibt der Nachwelt unverloren.

Ein bisschen angeberisch. Aber jeder, wie er will.

Der Mann – Gisel kannte ihn nicht – weinte. In seinem Mundwinkel hing ein gelber Krümel. Sie grüßte. Mensch, Gisel, der weint doch! Dem ist doch nicht nach Hallo-wiegeht's zumute!

Er grüßte aber zurück, und Gisel musste auf einmal aufstoßen. Das zweite Stück Schwarzwälder Kirsch hätte nicht sein müssen. Sie unterdrückte den Rülpser gerade so, und wie sie dabei das Gesicht verzog, mag wie ein Lächeln ausgesehen haben. Der Herr erwiderte es jedenfalls und trocknete sich sogar mit dem Handrücken rührend die Tränen von den Wangen. Gisel hatte ihn erheitert! Oder wenigstens abgelenkt.

Womöglich ein Rest vom Frühstücksei.

»Einen schönen Tag«, sagte Gisel. »Trotz allem.«

»Heute ist es schwer.« Der Mann schniefte.

»Leicht ist es nur, wenn man zwischendurch vergisst. Aber weil man nie für immer vergessen kann, ist es nie für immer leicht«, sagte Gisel und war gehörig stolz auf die Erwiderung. Um den Eindruck, den sie hinterlassen hatte, nicht kaputtzumachen, eilte sie weiter. Der Mann sah ihr staunend hinterher. Stellte Gisel sich vor.

Angespornt durch den kleinen Erfolg beschloss sie, heute alle mindestens zu grüßen und manchen gar in ein Gespräch zu verwickeln. Damit die Dinge sich anders verhielten. Nicht einmal der Nebel trübte ihre Laune. Da schoss ein Jogger heraus und rannte sie beinahe um. Ein bisschen respektlos, verschwitzt und dampfend über den Friedhof zu joggen. Ihn grüßte sie schon mal nicht.

Ach, was. Jonglierte ja nicht mit Schädeln.

Wo ging es lang? So ein Nebel war das.

Ein Leichenzug. Dunkelgräulich, mauerbräunlich. Gut zwei Dutzend Rücken vor ihr, Gisel schloss auf. Niemand beachtete sie, also lief sie mit zur Grube.

Der Pastor näselte. Der erkältete Pastor. In drei, vier Tagen die erste Reihe auch erkältet. Nicht ungefährlich, die erste Reihe meist die Ü-70-Reihe. Gisel geimpft gegen dies und das.

Was, wenn sie nach vorne trat und verkündete, sie sei die Geliebte des Verstorbenen gewesen?

Da fiel dessen Name, und dann war es gar nicht dessen, sondern deren Name: Emilia, von der es eine weniger gab.

Auch denkbar. Ich bin Emilias Geliebte!

Der Pastor zählte Emilias Charaktereigenschaften auf. Gern allein aktiv sei sie gewesen, oft wütend, und oft zu Recht, abends philosophisch, eine hingebungsvolle Doppelkopfspielerin, Imkerin der ersten Stunde. Gisel fand Emilia sympathisch.

Der Pastor rotzte ins Taschentuch, jemand räusperte sich, ein Vogel stob hinter der Grube auf, alle sahen hoch. Ein schwarzer Vogel, vielleicht war das die Seele, erwischte Gisel sich esoterisch.

Vor Gisel eine Frau und ein Mädchen.

Das Mädchen: »Mama, wann können wir nach Hause?«

Die Frau: »So was sagt man nicht.«

Der Pastor: Irgendwas mit Engeln, mit denen Emilia jetzt Doppelkopf spielen würde.

Jemand lachte, und Gisel kam das Lachen bekannt vor.

War das der Junge, Aza? Dort hinten, im Nebel, hinkte da nicht einer? Gisel blinzelte, rieb sich die Augen.

Und fehlte einem der Sargträger etwa der rechte Arm? Trug die Dame drüben nicht löchrige Lumpen als Kleider, und in den Löchern blitzte nacktes Gebein?

Gisel schluckte. »Du liebe Zeit.«

Auch der Pastor hatte, sofern der Nebel nicht log, kein Gesicht. Blanker Knochen war es, der Emilia lobpries. Als wäre das nicht genug, nahm sie ein Hämmern wahr und Rufe aus dem Sarg. Hier brachten die Toten eine Lebende unter die Erde!

Gisel stürmte vor. Na ja, stürmte. Lief, so schnell das Knie es zuließ. Schubste rechts und links die Toten weg, um die Lebende zu befreien, so ist Gisel! So bist du, Gisel! Warf sich auf den Sarg, suchte, den Deckel zu heben, aber der wog!

Man griff nach ihr, zerrte sie weg, sie biss sich auf die Lippe. Zwei junge Männer und der Pastor waren es, und Gisel erschrak: Wie Tote sahen die nicht aus. Rote Augen, die Männer, wohl vom Weinen. Rote Nase, der Pastor, von der Erkältung.

Sie gaben Gisel frei.

Ob es ihr gutginge.

Ja, ja.

Der Pastor setzte seine Rede hustend fort. Die beiden anderen blieben bei Gisel. Das war ihr aber sehr peinlich. Wie sich erklären?

»Wir sind auch untröstlich«, begann der Erste.

Der andere fragte: »Sind Sie eine Freundin von Mama?«

Söhne also.

»Eine Freundin? Nein.« Gisels Stimme bebte. »Emilia war mehr, sie war wie eine Schwester. Für mich und für viele andere. Und die beste Doppelkopfspielerin, die ich kannte.«

Der Erste schluchzte erbarmungslos los. Der andere legte Gisel die Hand auf den Arm. Sie umarmten sich zu dritt. Welcher Sohn kannte die Freundinnen seiner alten Mutter? Kein Sohn.

Gisel blieb bis nach der Grablegung. Sprach den Söhnen ihr Beileid aus, nahm selbst einige tröstliche Worte entgegen.

Mach es gut, Emilia.

Was für unerhörte Tage. Die Atemnot, das seltsame Kreuzworträtsel, die Halbschlaferinnerungen, die Schelte für das Nachbarsmädchen! Und dass jetzt der Nebel lebend Antlitz zur Totenfratze weißt!

Gisel musste lachen über sich. Über die dramatische Gisel auf dem Sarg der armen Emilia. Nur gut, dass Ulla das nicht gesehen hat! Hätte sie damit aufgezogen, bis eine von ihnen selbst eingesargt wurde.

Und dieser Aza! Der so hinkte wie sie selbst. Gisel war sich sicher, ihn als Nebelgelächter erkannt zu haben. Seit er in ihr Leben getreten war: uff! Solche Streiche! Sie nahm es ihm nicht übel. Endlich tat sich etwas, das nicht ein Gang zur Apotheke war, oder Schmerz und Verdruss, sondern Ereignis und fast Genuss.

Jetzt aber zu Hermann. Wenig nahm Hermann krumm,

das Zuspätkommen aber konnte er nicht ausstehen. Auch das eigene nicht. Hatte sich ehrlich hochgearbeitet, daher kam das. Stets überpünktlich gewesen und Überstunden und das Hemd gestärkt, um gegen andere, die Vorteile genossen durch Klüngel oder Schleimerei, bestehen zu können.

Und was zählte das alles im Alter?

Was zählten all ihre Nachtschichten in der Druckerei, wenn ein Schnellschuss verlangt wurde? Eine Stunde Schlaf unter dem Setzkasten und weiter ging's. Sie zählten nicht mal finanziell was. All die Zettelchen vergessen, Einladungen abgelaufen, Plakate vergangener Feste. Verschenkte Zeit.

Der Nebelvorhang hob sich, das Schauspiel war wieder die Wirklichkeit.

Wo waren die ganzen Gießkannen nur? An den Gräbern, bei den Leuten, nirgends sah sie welche.

Herr Leip saß auf der Bank neben dem Grab seiner Frau und aß ein Brot. Schiebermütze und Fischgrätenjackett wie so ein Engländer.

Gisel kannte das mit seinen Broten auf der Bank. Die Brote des Herrn Leip waren stets ausgezeichnet aussehende Brote. Bunt und üppig. Und wie kleine Skulpturen. Aber Speisen auf dem Friedhof? Gisel war sich unsicher, wie sie das fand.

Als er sie kommen sah, erhob Herr Leip sich ruckartig. Was tun mit dem Brot? Er steckte es sich ins Jackett. Die Mütze nahm er ab und drückte sie an die Brust. Hatte sich etwas Nervöses vorgenommen mit Gisel, so wie er sich ihr jetzt in den Weg stellte.

»Guten Tag.«

»Guten Tag, Herr Leip.«

»Sie wissen, wie ich heiße?«

»Steht ja da.« Gisel deutete zum Grabstein.

»Natürlich. Ich hoffe, ich stehle Ihnen nicht zu viel Ihrer Zeit –«

»Zeit hab ich allerhand.« Gisel erstaunt über Gisels schlagfertige Aufrichtigkeit!

»Ja, ich auch …« Herr Leip lächelte. »Genau. Also, das Grab Ihres –«

»Mannes.«

»Es hat sich dort etwas Merkwürdiges zugetragen. Am besten, Sie schauen selbst. Ich begleite Sie gern.«

Mal sehen!

Hielt unbedingt Schritt mit dem Herrn Leip, ignorierte das Knie und den Schnee. Und sah von Weitem: die Gießkannen. Hier waren sie also. Alle. Alle Gießkannen auf Hermanns Grab, eine grüne Unmenge. Säuberlich aufgereiht füllten sie die Grabfläche komplett aus. Und alle zeigten mit dem Ausguss weg vom Grabstein.

»Ich weiß nicht, was das zu bedeuten hat.« Herr Leip begab sich in eine nachdenkliche Pose, das Kinn auf die Hand gestützt.

Vielleicht war Hermann das gewesen, war Gisels erster Gedanke. Ein bisschen eifersüchtig konnte er schon sein. Als Gisel eine Zeitlang darauf bestanden hatte, samstags selbst die Brötchen zu holen, und samstags stand der Bäckermeister Knabe selber hinter der Theke, zum Beispiel. Den Gisel aus der Schule kannte. Wie Hermann irgendwann behauptet hat, morgens vertrage er Weizen nicht mehr. Oder Dinkel. Oder Mehl an sich.

»Ja, das ist fürwahr merkwürdig«, sagte Gisel, wobei sie dieses »fürwahr« nur Herrn Leip zuliebe verwendete.

»Na, ich muss dann mal wieder …«, sagte Herr Leip, was bestimmt nicht stimmte. Was musste man noch in dem Alter müssen? Medikamente nehmen und dreißig Mal kauen, um nicht an irgendwas zu ersticken, am schlimmsten fände Gisel Brokkoli.

Dass er nicht fragte, ob er ihr mit den Kannen helfen sollte, das gefiel Gisel ganz und gar nicht. Sie hätte die Hilfe gar nicht angenommen, sie konnte das selbst, aber anständig wäre es gewesen! Und hätte ihrem Knie gutgetan.

Herr Leip knetete die Mütze zwischen den Händen. Lange Finger, akkurat geschnittene Fingernägel. Und eine Klappstulle im Jackett. Und Herr Leip sagte: »Johann. Johann Leip, mein Name. Gern nur Johann. Und gern helfe ich Ihnen, die Gießkannen zurück zum Brunnen zu bringen.«

»Gisela – Gisel«, sagte Gisela-Gisel. »Gern nur Gisel.«

»Kennst du den Gießkannencode, Gisel?«

Gisel stellte sich doof.

»Also: Stellt man eine Gießkanne in der Weise ab, dass sie nach vorne zeigt, so wie jene hier, so signalisiert man, wieder verfügbar zu sein für die Eventualität einer Liaison!«

Wie der redete, Donnerwetter! Hoffentlich war er bloß Professor für irgendeine ausgestorbene Sprache und nicht CDU-Wähler.

Gisel trocken: »Und wo ist vorne?«

Johann Leip zuckte zusammen: Das habe er überhaupt nicht bedacht! »Ich hielt meine Auffassung von Vorne für die selbstverständlich korrekte!«

»Und wie gehen wir das jetzt am besten an?« Die forsche Gisel!

Johann Leip errötete wie Herbst. »Das jetzt angehen?«, stammelte er, die Stimme etwas heiser.

»Ein Treffen, zum Beispiel?« Gisel!

Er sammelte sich wieder, sah auf seine Armbanduhr. »Möchten wir uns«, sagte er, »in zwei Stunden, um fünfzehn Uhr, zu einem Kaffee und einem Stück Schwarzwälder Kirschtorte im *Katelbach* verabreden?«

Das schien ihr, so Hals über Kopf, dann doch zu gewagt: drei Stücke Schwarzwälder Kirsch an einem Tag.

Also sagte sie: »Ja, das möchten wir.«

Gisel hatte Johann Leip alle Gießkannen zurückbringen lassen. So verhielten sich die Dinge.

Jetzt wieder allein. Musste den Blumen kein Wasser geben, die waren gefroren.

Oder nicht allein. Ach, ach, ach. Ich vermiss dich, mein Hermann. Meine Augen sehen wilde Dinge, und meine Knochen knarzen so und mein Herz auch. Ich sehe unsere Alben durch, damit ich unsere Gesichter nicht vergesse, unsere Zahlen und Daten. Ist doch wichtig. Es ist wichtig zu wissen, warum man geliebt hat.

Es schneit hier draußen. Mir ist kalt, heute aber nicht zu kalt. Ich gehe nicht hungrig durch die Welt. Nur so dahin.

Da hin, dann da hin. Die Kisten im Keller, soll jemand sie holen, wenn ich nicht mehr da bin, in diesem Leben miste ich nichts mehr aus. So verhalten sich die Dinge.

Das Treffen mit Johann Leip war ordentlich verlaufen. Zwischendurch hatte Gisel sich kurz gelangweilt, aber man war ja nicht Fallschirmspringen, sondern Kuchenessen.

Sie sprachen nicht über Politik, wenig über Berufe, wenig auch über Hermann und über Hannelore. Kündigten aber an, dass Hermann und Hannelore thematisch mehr vorkommen müssten, beim nächsten Mal dann, sofern es ein nächstes Mal gab. Waren sich einig gewesen: Was einem wichtig ist, darüber nicht zu schweigen.

Auch gelacht hatten sie, beide. Gisel am meisten darüber, dass Johann Leip Landesmeister von Schleswig-Holstein im Schmieren von Broten war. Sensationell fand sie das. Sie wollte gern einmal ein Brot probieren, das er geschmiert hatte.

Das ließe sich problemlos einrichten, sagte Johann Leip. Hatte das während der Begegnung vier Mal über andere Dinge gesagt, und wie gut das ist, dass jemand vier Mal etwas für dich problemlos einrichten lassen will!

Bevor sie auseinandergingen, war Gisel sich einer Sache sicher: Johann Leips hochtrabende Art zu sprechen würde ihr irgendwann gewaltig auf den Keks gehen. Sie nahm sich vor, ihn zu bitten, sich darin etwas zu dimmen.

Sie nahm sich allerdings auch vor, die Bitte so lange zurückzustellen, bis Johann Leip ihr eines seiner Johann-Leip-Brote geschmiert hatte. Sollte das Brot so gut schmecken, wie es aussah, dann wollte sie noch mal überlegen, ob sie ihr

Anliegen überhaupt vorbrachte, oder ob sensationelle Brote das sensationell hochgestochene Gerede nicht ausglichen.

Das nächste Treffen hatte Gisel aber nicht terminieren wollen. Johann Leip hätte sie am liebsten gleich am Abend wieder gesehen.

Tat gut, keine Frage.

Die souveräne Gisel, die ruhige Gisel. Als hätte sie im Nebel nicht Erscheinungen gesehen, sondern eine Zuversicht gefunden.

Im Hof zurück warteten das Mädchen aus dem Hinterhaus und die Schneefrau auf sie. Das Mädchen sah Gisel kommen und lief ihr sofort entgegen, die Fäustchen gepresst.

»Das heute mit Carmen, das ist nicht so, wie Sie denken«, rief die Kleine. »Ich mag Carmen, und Carmen hat sich über ihre Schneefrau auch gefreut!«

Das Mädchen machte auf der Stelle kehrt und stapfte nach Hause.

Gut, gut.

Als ihr Telefon klingelte, aß Gisel einen Käsetoast im Bett. Henrieke war es, pünktlich um 20 Uhr. Wie schön das ist: sich auf jemanden verlassen können. Noch schöner war es, dass sie beide, Henrieke und sie selbst, denselben Gedanken hatten: Wie wäre es, wenn Gisel für ein paar Wochen nach Tromsø käme, gerne auch einen ganzen Monat. (Gisel war allerdings froh, dass Henrieke den Gedanken zuerst ausgesprochen hatte, es ist immer besser, irgendwohin eingeladen zu werden, als sich selbst einzuladen.)

Es ging dann alles schnell. Henrieke hatte schon für den Sonntag einen Flug rausgesucht, ein gutes Angebot auch, 14 Uhr 40 von Hamburg aus, und Gisel hörte sich sagen: »Ja, natürlich bin ich spontan!« Das war generell betrachtet eine Lüge, heute aber führte es dazu, dass Gisel gleich nach dem Telefonat ihren Rucksack packte.

Eigentlich war es Hermanns Rucksack. Sie packte ihre wärmste Kleidung ein, etwas Proviant, weil das Flugzeug abstürzen wird und sie den Absturz als Einzige überleben. Und unbedingt ihre elektrische Zahnbürste.

Und nein, es war ihr Rucksack jetzt. Gisels Rucksack.

DER HOCHSITZ

Ich war nicht auf Helgoland im Sommer 1994. Als ich damals in den Weinbergen meinen Freunden von der anstehenden Reise dorthin erzählt hatte, sprach ich nicht die Wahrheit. Ich log nicht, weil ich mich schämte, dass wir uns keinen Urlaub leisten konnten. Ich log, weil ich wollte, dass die Jungs glauben, ich würde etwas Cooles machen. Ich wollte damit angeben, etwas erlebt zu haben.

Heute kommt es mir vor, als hätte ich die Erfindung tatsächlich erlebt.

Ich bin in Heidelberg für eine Lesung zurück. Sie findet am Abend statt vor dem Bürgerhaus, direkt oberhalb der Weinberge. Ich werde die Weinberge lesen, mich selbst, die Jungs. Sie sind alle weggezogen. Im Weinberg liegen bestimmt noch unsere Steine, in Geschichten schlagen unsere Herzen.

Die Wahrheit damals war, dass ich in Heidelberg blieb. Wir konnten die Miete gerade so stemmen, und hätte meine Mutter in der Wäscherei Urlaub beantragt, man hätte sie gehen lassen, aber dann halt für immer.

Dass ausgerechnet Helgoland mein ausgedachtes Reiseziel wurde, verdanke ich Heinrich Heine. Mein ehrgeiziger Deutschlehrer mochte Heine sehr, also mussten wir ehrgeizig viel Heine lesen und über Freiheit und Heimat und Ironie und so was sprechen und darüber, nicht zu wissen, was soll es bedeuten, dass ich so traurig bin.

Ich sollte ein Referat über Heine halten. Der Lehrer hatte sich für mich das Thema *Heine im Exil* überlegt. Das passt ja, sagte er, weil ich ja selbst im Exil war, irgendwie.

Er gab mir Texte mit, in denen ich finden sollte, was Heine von Deutschland hielt (nicht viel), warum er wegwollte (wegen sehr viel) und was er sich anders für sein Leben wünschte (sehr, sehr viel). Unter den Texten befanden sich Briefe, die Heine auf Helgoland geschrieben hatte. Sie hatten keinen Adressaten, was super ist – Briefe schreiben der Briefe wegen, die Antwort war egal.

Wobei das mit keinem Adressaten, das stimmt gar nicht. Jeder, der die Briefe las, war ein Adressat. Auch ich, der sie hundertsechzig Jahre später auf einem Hochsitz lesen würde, zwischen Wald und unserem Weinberg, in dem wir bald die Zukunft erfinden würden und verliebt in die Sterne starren, als wäre da mehr zu sehen als längst vergangene Zeit.

Heine war nicht mein erster Autor, für den ich in diesem Hochsitz Ruhe fand. Kafka und Fallada und Hilde Domin kannte der Hochsitz auch schon. Ich las die nicht, weil ich die besonders mochte, sondern weil ich sie für die Schule lesen sollte. Und ich las in der Abgeschiedenheit des Hochsitzes, weil ich mir mit meinen schnellen, lauten Cousins ein Zimmer teilen musste, und die beiden aßen sehr viel Nutella über den Tag verteilt.

Mit der Heine-Lektüre begann ich an einem milden Nachmittag im Mai, 1994. Der Wald surrte und sang, ich las und las. Bald ging die Sonne rotglühend über Frankreich unter, und der Tageslichtrest roch nach *Müllermilch Banane*.

Jahrhundertversetzt gleichzeitig wanderte Heinrich am Strand von Helgoland in der Abenddämmerung und *ringsum herrschte feierliche Stille*.

Bei mir herrschte ringsum das sachte Rauschen der Blätter, was wie Stille anmutete. Wald im Wind, Fenster im Regen, Gluckern eines Gewässers, Kuhschellen auf der Alm – das sind Geräusche mit Nebenwirkung von Stille.

So richtig still kam mir Helgoland allerdings gar nicht vor: *Wie eine Wasserorgel rauschten die Meereswellen*, schrieb Heine, *stürmische Choräle, schmerzlich verzweiflungsvoll, jedoch mitunter auch triumphierend*. Klingt ganz schön laut, wenn man mich fragt.

Mein Deutsch war nicht gut genug, um alles zu verstehen, ich konnte mir trotzdem alles gut vorstellen: die tosende, stürmische See.

Und laut ging es auch weiter: Auf Helgoland erreichten Heine die Nachrichten von einer Revolution in Frankreich. Er war völlig aus dem Häuschen, herzte seine Wirtin und andere Badegäste, zitierte sogar Schiller!

Ich hatte nicht die geringste Ahnung, was da los war in Frankreich. Ich kannte nur die andere Revolution, die mit den Guillotinen. Für Heine aber begann *ein neues Frankreich*. Gerade noch Badegast, in meiner Vorstellung mit übergroßem Sonnenhut, sah er sich nun selbst als Revoluzzer:

Ich bin der Sohn der Revolution … die Leier, reicht mir die Leier, damit ich ein Schlachtlied singe … Worte gleich flammenden Sternen, die aus der Höhe herabschießen und die Paläste verbrennen und die Hütten erleuchten! … Ich bin ganz Freude und Gesang, ganz Schwert und Flamme!

Ich fand diesen Gefühlsausbruch übertrieben und daher grandios, ich war schließlich sechzehn Jahre alt.

Gespannt las ich weiter, jetzt doch auch genervt, nicht jedes Wort zu verstehen. Mein Deutschlehrer hatte freundlicherweise jene Passagen unterstrichen, die am wenigsten Blabla enthielten – konkret und zur Sache.

Die Sache war die: Die Revolution ließ Heine frohlocken, weil er darin die Chance für eine neue Ordnung sah, für eine emanzipierte, freiere Gesellschaft, die auch seinem Streben nach einem emanzipierteren und freieren Leben entsprach, welches er auf deutschem Boden nicht zu finden glaubte. Als Jude hatte er früh Bekanntschaft mit dem Antisemitismus der Deutschen gemacht, den traditionellen Nationalismus der Deutschen lehnte er vehement ab. Er musste Zensur fürchten und erlitt Zensur, wurde später mit einem Publikationsverbot belegt. Von Frankreich nach der Revolution versprach er sich lauter Gegenteile: schreiben zu dürfen, was er wollte, schrankenlos sein zu können, wer er war, frei zu sein, weil er es war.

Die tosende See und die tosenden Gedanken des Dichters. Sein leidenschaftlicher Wunsch, an einem Ort zu sein, wo er nach seinen Vorstellungen leben und arbeiten könnte. Sein Enthusiasmus des möglichen Neuanfangs. Das alles gefiel mir auf meinem Hochsitz und bewegte mich sehr. Ich las weiter im Schein der Taschenlampe, ich wollte unbedingt wissen, ob es ihm gelingen würde.

Freute mich und war erleichtert, als Heine 1831 Paris erreichte.

Fragt Sie jemand, wie ich mich hier befinde, schrieb er von dort, *so sagen Sie: wie ein Fisch im Wasser. Oder vielmehr, sagen Sie den Leuten; daß, wenn im Meere ein Fisch den anderen nach seinem Befinden fragt, so antworte dieser: ich befinde mich wie Heine in Paris.*

Ich hätte bei meiner Ankunft in Deutschland geschrieben: Fragt Sie jemand, wie ich mich hier im Gewerbegebiet von Wiesloch-Walldorf in einem Haus voller Flüchtlinge direkt an der Landstraße befinde, so sagen Sie: Ja, was glauben Sie denn?

Ich schaltete die Taschenlampe aus, saß im Dunkeln. Wie unermüdlich der Wald. Wie undurchdringlich die Pläne der Nacht und der Zukunft.

Fatihs Anproberaum, das wäre es jetzt.

Die Gegenwart war klar. Wie Heine hätte auch ich sie oft am liebsten verlassen. Wäre lieber woanders gewesen. Woanders und vor allem weranders. Wenn die Albträume der Abschiebung uns heimsuchten. Wenn zu Hause gestritten und gelitten und das Geld am Ende des Monats knapp wurde.

Oder wenn die Bullen uns mal wieder anhielten und: *Leert die Taschen, Jungs, alles*. In unserem Viertel, idyllisch zwischen Weinberg und Wald, reichte es unterwegs zu sein, um verdächtig zu sein. Hattest du dunklere Haut, fuhr keine Streife an dir vorbei.

Am Sonntag, zum Beispiel, nach unserer Zusammenkunft in den Weinbergen, als ich mit Michel, dem Holländer, vor dem Edeka spazieren war. Michel lebte in der einzigen Gegend in unserem Viertel mit Privatgaragen und einem Kreisverkehr, um den sich die Stadt richtig emsig kümmerte, damit sich die Bienen wohlfühlten. Natürlich gibt es sehenswürdigere Orte als einen Edeka, an denen du spazieren kannst, aber wir waren nun mal dort mit Piero verabredet, und Piero verspätete sich mal wieder, also spazierten wir, um die Zeit totzuschlagen – vor dem Edeka.

Als die beiden Polizisten auch vor dem Edeka losspazierten, dachte ich den Gedanken noch mal: Es gibt doch sehenswürdigere Orte, an denen du spazieren kannst. Dabei wusste ich natürlich, die eigentliche Sehenswürdigkeit waren wir, zwei Jugendliche in »diesem« Viertel.

Wir sagten »Hallo«, sie sagten »Ameisen«.

Verstand ich erst. Gemeint waren Ausweise. Michel hatte seinen Schülerausweis nicht bei sich, und sofort war klar: Das wird jetzt dauern.

»Was macht ihr hier?«, fragten die Polizisten.

»Warten«, sagte Michel.

Die Polizisten sagten: »Auf Mädchen?«

Michel sagte: »You wish …«

Ich wusste, er zitierte Nicos Mutter, aber die Bullen wussten das eher nicht. Also funkte ich dazwischen: »Nein«, sagte ich, »wir warten auf einen Freund. Der ist Italiener und immer zu spät. Wie alle Italiener.« Ein Witz, dachte ich, egal wie blöd, würde die Situation entschärfen, aber wenn du auf Streife bist an einem Sonntag in unserem Viertel vor dem Edeka, dann bist du womöglich gar nicht so sehr auf Entschärfen von Situationen erpicht. Die beiden lachten nicht.

Ihr Interesse wechselte von der Personalie »Piero« zurück auf die Personalien von dem ohne Perso, also Michel.

»Hast du einen Namen für mich?«, fragte ihn der bulligere der beiden.

Michel sagte: »Ja. Polizist.«

Und da glaubte ich schon auch so was wie die Kante von einem Grinsen im Gesicht seines Kollegen gesehen zu haben, was der aber natürlich nicht zulassen konnte, also wurde er statt entspannter noch angespannter.

»Schluss mit dem Blödsinn«, rief er. »Dann ist das hier ganz schnell vorbei.«

Michel und mir konnte unmöglich klar sein, was sie unter »das hier« verstanden, noch wussten wir, was in diesem Zusammenhang »schnell« hieß. Solange Piero nicht kam, war es uns egal, ob wir die Zeit zu zweit totschlugen oder zu viert mit den beiden. Wobei zu viert immer noch die Chance bestand, dass wir irgendwie Ärger kriegten, einen Grund findest du als Bulle immer, wenn du einen finden willst.

Michel wollte natürlich keinen Ärger, also nannte er nun seinen Namen. Er sprach ihn mit seinem Holländischen »l« aus, dieser runden sympathischen Akzentweichheit. Ob die Polizisten die auch sympathisch fanden, sei dahingestellt. Neugierig machte sie die schon – a cappella riefen sie: »Wo kommst du denn her?«

Michel zeigte nach hinten. »Von da.«

Die Bullen sahen nach hinten und nach da.

Michel sagte: »Ein bisschen weiter links. Da.«

Worauf sie die Köpfe ein bisschen weiter nach links drehten, da, bis ihre Millisekundenmienen zeigten, dass ihnen das jetzt zu blöd wurde.

Michel hatte aber ein mega Timing bei so was und warf schnell hinterher: »Oder meinen Sie Rotterdam?«

Wenn ich nur wüßte, wo ich jetzt mein Haupt niederlegen kann. In Deutschland ist es unmöglich. Jeden Augenblick würde ein Polizeydiener herankommen und mich rütteln, um zu erproben, ob ich wirklich schlafe.

Unsere beiden »Polizeydiener« filzten Michel und mich. Sie fanden nichts, aber blieben weiterhin bei uns, wollten vielleicht gucken, ob Piero wirklich existierte.

Eine Seniorin bog um die Ecke. Rücken gerade, Handtäschchen, Stock. Die kurzen Schritte eines langen Lebens. Alle vier sahen wir ihr zu, was sonst gab es zu tun?

Sie kam näher, ihr Gesicht auf harmonischste Weise zerknittert, als hätte jemand die Falten nicht dem Zufall überlassen wollen. Hatte sich hübsch gemacht. Vielleicht für die Kirche, hoffentlich für den Besuch der Enkelkinder, denkbar auch: für sich selbst, diesen kleinen Ausflug.

Gefühlt fünf Minuten brauchte sie für circa fünfzig Meter. Jetzt war sie auf Höhe der Sonderangebote für Hack und Gurken, den Rhythmus des Zeitvergehens gab ihr Stock vor, klack, klack, klack, klack.

Und das alles – diese ganze Person vor diesem Edeka, ihre Ruhe und ihr Stock vom Elfenbein, ihre Hochsteckfrisur, und dass sie uns zulächelte, obwohl sie noch gar nicht so nah war –, das passte nicht zu den grauen Pflanzen in den grauen Kübeln in dieser arschtristen Supermarktpassage, passte nicht zu Michel, zu mir, zu den Polizisten, passte nicht zur Anspannung, die von den beiden ausging, und zum Druck, der bei Michel und mir ankam, passte nicht zu der braunen Bananenschale im letzten Einkaufswagen des Einkaufswagentausendfüßlers (wir waren das nicht, ich schwöre!). Diese kleine, feine, irre gemächliche, elegante Person passte nicht mal in unsere Zeit. Ja, vielleicht war sie das Anproberaumbild einer jungen Frau aus der Vergangenheit.

Stück für Stück, Stock-Klack für Stock-Klack. Jetzt war sie auf unserer Höhe, heiter rief sie: »Grüß Gott, die Herrschaften!«

Es war mega, megaschön.

»Grüß Gott!«, sagten die Bullen.

»Hallo, guten Tag«, sagten Michel und ich.

»Na, was haben die beiden denn angestellt?«, fragte die alte Dame, und Michel gab zurück:

»Bisher noch nichts. Haben uns nur gefilzt und leisten uns jetzt noch ein bisschen Gesellschaft.«

Ja, da lächelte die alte Dame, hob die Hand zum Abschied, und am Ringfinger ihrer linken Hand war ein Ring. Tief in der Haut steckte er, tief dort.

Piero bequemte sich etwa eine Viertelstunde später dazu und hatte seinen Ausweis ebenfalls nicht dabei. Während der eine Bulle mit dem Zeigefinger vor Pieros Wange einen Strich zog –

»Wo hast du die Narbe her?«

»Von Volker.«

»Wer ist Volker?«

»Ein LKW-Fahrer aus Heilbronn.«

– überlegte ich, warum ich den Zeigefinger des Mannes nicht mochte, der vor Pieros Gesicht Fragen dirigierte, solche, die ihn angingen, und solche, von denen er sich einbildete, dass sie ihn angehen könnten. Ich mochte nicht, dass wir die Anwesenheit unserer Körper in diesem Land permanent erklären mussten. Ich mochte nicht, dass ich wegen einer Sprache, die ich unvollständig sprach, behandelt wurde, als sei ich unvollständig. Das alles und mehr Unruhe war dieser Finger. Ich dachte an Heine und war froh um ihn. Das schweißt zusammen, wegen ähnlicher Sachen unzufrieden sein.

Aus Frankreich schrieb er: *Es kann mir hier nicht schlechter gehen wie in der Heimath, wo ich nichts als Kampf und Noth habe, wo ich nicht sicher schlafen kann, wo man mir alle Lebensquellen vergiftet.*

Hoyerswerda, Mannheim-Schönau, Mölln, Rostock-Lichtenhagen. Nicht sicher schlafen. Wie sie Xhezo und seine Familie aus dem Schlaf in die Abschiebung holten. Nicht sicher schlafen. Hanau. Die AfD. Kampf und Not. Mutter, die morgens vor der Arbeit in der Küche stumm weint, während sie Brote schmiert. Mich schuldig fühlen vor den Bullen, ohne mich schuldig gemacht zu haben.

Ich schaltete die Taschenlampe wieder ein und leuchtete aus dem Hochsitz in die Waldfinsternis. Hinter Büschen und Bäumen huschten Geschichten. Die einen in festen Roben der Vergangenheit, die anderen in fließenden der Zukunft.

Ich bin wie berauscht, schrieb Heine auf Helgoland.

Und weiter: *Der Himmel hängt voller Violinen*.

So wie für Heine von Frankreich aus ein *Freyheitsmuth nach Deutschland herüberwehte*, konnte ich mir damals ein freieres Leben auf Helgoland vorstellen. In meiner jugendlichen Vorstellerei tauchte ich dort unter oder nahm eine neue Identität an. Man findet mich am Strand, ich bin ein schiffbrüchiger Matrose aus einem fernen Land! Ja, genau, daher der Akzent.

Ein anderer sein, um zu vergessen und zugleich zu bestätigen: wer ich war.

Wer ich war: an der Mündung zweier Flüsse in einem engen Tal zwischen schroffen Bergen aufgewachsen.

Im Anproberaum meiner Insel sah ich vor mir *das wogende, unermeßliche Meer* und *smaragdene Wellen*.

Wer ich war: ein Kriegsflüchtling.

Saß, dem prekären Leben zum Trotz, in einer Inselkneipe und trank, was man auf so einer Insel halt trinkt. Krabbenwhisky oder so.

Was ich hatte: einen Termin bei der Ausländerbehörde am Donnerstag um 14 Uhr 30. Es gab das Gerücht, dass nicht mehr alle Visa verlängert werden.

In meiner Vorstellerei war es ein Termin beim Bootsbauer, er stellt mich als Lehrling an.

Ich sah mich, mit einer grünen Kinderschaufel, grabend im Sand. Dieses Bild war anders als die anderen, filmisch irgendwie. Meine Augen waren die Kamera. Ich sah meine Hände, meine Haut wirkte älter. An meinem Handgelenk baumelte ein Armband aus bunten Plastikperlen. Eine Rauchsäule über den Dünen. Der Himmel war vogelschwarmgemustert. Welche Vögel sind das? Möwen schlicht.

Ich logge es ein.

Ich bin wie berauscht, der Himmel hängt voller Violinen.

Komm, Heinrich, lass uns nach Hause gehen! Es ist spät, du bist besoffen von der Revolution, und mir ist kalt.

Ich stieg die Leiter vom Hochsitz herab, Heine erhob sich vom Strand und klopfte den Sand vom Gehrock.

Nachdem ich die Reise nach Helgoland behauptet hatte, musste ich mehr über Helgoland erfahren. Allein deswegen, weil die Jungs nach meiner »Rückkehr« bestimmt fragen werden, wie es auf Helgoland war. Ich konnte ihnen schlecht von den Violinen im Himmel erzählen, vom *beständigen Geigen da droben in himmelblauer Freudigkeit,* das *aus den smaragdenen Wellen wie heiteres Mädchengekicher klang.*

Wie groß war Helgoland überhaupt? Gab es dort Städte? Wo würde ich geschlafen haben, konnte man dort zelten? Wie roch das Meer? Der Minigolfanlage, ob es eine gab oder nicht, verlieh ich schon mal den Namen »Einloch Heine«. Oh je.

In der Stadtbücherei lieh ich das einzige Buch über Helgoland aus, einen Fotoband, immerhin nur fünf Jahre älter als die Gegenwart.

Helgoland in seinem Element, hieß es. *Bilder einer deutschen Nordseelandschaft.* Auf dem Umschlag schlugen Wellen gegen die roten Klippen.

Zu den Bildern des Dichters Heinrich Heine gesellten sich nun die Fotos des Fotografen Wilfried Schmidt, der auf seinem eigenen Foto, Oberkörper frei, in die Sonne guckt. Wilfried Schmidt stammte aus Koblenz und fotografierte gern Möwen und Meer.

Die See duftet nach frischgebackenem Kuchen, schrieb Heine 1830 auf Helgoland. Mein Sommer 1994 roch vor allem nach Moos, Butterbrot und dem Flüggewerden von Spechtküken. Ich verbrachte die ersten beiden Ferienwochen von früh bis spät auf meinem Hochsitz, nach Hause ging ich nur zum Schlafen. Nicht einmal meine Eltern wussten, wo ich war. Sie glaubten, ich ginge zur Ferienfreizeit in die Schule, wenn ich morgens das Haus mit sehr vielen Butterbroten verließ.

Der Hochsitz war meine einsame Insel. Ich hatte Bücher ausgeliehen für gefühlt fünf Jahre. Wasser holte ich aus einem Brunnen im Wald. Ich las, aß die Brote, beobachtete eine Spechtfamilie. Ein Mal am Vormittag, ein Mal am Nachmittag schlug ich mich je eine Stunde quer durch das Dickicht. Zwischendurch langweilte ich mich beispiellos.

Das stete Gejammer der Jungspechte war nur einen Tag lang süß gewesen. Ihr Flüggewerden fand in einer Buche statt. Wie schön das ist, einen Ort da zu haben, wo du deinen Ort haben willst. Wie Heine anfangs in Paris. Nachdem die Kleinen endlich ausgeflogen waren und mit ihnen ihr nerviges Gepiepe, vermisste ich das nervige Gepiepe sofort.

Ich schrieb. Schrieb auch von meiner Zeit auf Helgoland. Ich glaube, in jenem Sommer auf jenem Hochsitz und auf jener Insel bin ich Schriftsteller geworden. In einem Mischwald in der Kurpfalz – auf einem Felsen an der Nordsee. Vom waldverträumten Hochsitz tagträumte ich mich auf eine Insel aus Abenteuern. Oder umgekehrt? Hier schnitt ich aus einer Plastikflasche einen Spender für Vogelfutter – dort warf ich eine Salamischeibe den Vögeln auf den Klippen zu, aber ich warf daneben, und das Ding fiel vierzig Meter in die Tiefe in ein Touristenboot. Ich war von Mücken zerstochen – vom Wind verweht. Ich vermisste die Jungs – und trank Eiergrog mit der Inseljugend, weil die Inseljugend behauptete, man wäre sonst kein echter Insulaner, außerdem sei Eiergrog einfach das leckerste Getränk. Und beides waren die größten jemals ausgesprochenen Lügen gewesen. Beflügelt vom Eiergrog stahl ich ein Kneipenschild.

In Heidelberg hatte Rike mir noch immer nicht zurückgeschrieben, ich vermute fast, weil ich die Briefe immer noch nicht abgeschickt hatte – auf Helgoland verliebte ich mich unter dem Leuchtturm in ein rothaariges Mädchen mit dem schönen norddeutschen Namen Stientje nicht. (Und sie sich in mich genausowenig.) Ihr Vater ließ mich ein Börteboot um die Insel lenken, und die See, beschloss ich, roch nicht nach Kuchen, oder es war ein älterer Kuchen, ein bisschen ranzig.

An einem Nachmittag zu Beginn der dritten Ferienwoche hörte ich Stimmen, erkannte das heisere Lachen von Piero. Ich spähte aus dem Hochsitz und sah sie näher kommen: Piero, Nico, Michel. Fatih fehlte, er blieb den ganzen Sommer in der Türkei.

Ich duckte mich unter das Fenster. War ich bereit, in die Wirklichkeit zurückzukommen? Mein Herz schlug so fest, es würde mich verraten. Was sage ich, wenn sie mich entdecken? Wie erklären, dass ich mich nicht bemerkbar gemacht habe?

Bei einem Bombenanschlag auf ein jüdisches Zentrum in Buenos Aires waren achtundfünfzig Menschen gestorben. Eine Million Flüchtlinge aus Ruanda lebten in den Flüchtlingslagern in Zaire unter elenden Bedingungen. Die Kriegsparteien in Bosnien-Herzegowina stimmten heute in Sarajevo und Pale über den internationalen Friedensplan ab. Ich lag auf dem Boden eines Hochsitzes, ich war sechzehn Jahre alt. Meine Freunde unterhielten sich drei Meter Luftlinie entfernt, und Piero fragte genau jetzt: »Wann kommt Saša eigentlich zurück?«

Ich steckte den Kopf aus dem Fenster und rief: »Jetzt!«

Der Hochsitz steht noch. Das Holz ergraut, von der Leiter fehlt eine Sprosse, so muss das in Geschichten mit alten Leitern sein.

Ich steige hinauf, setze mich auf die kleine Bank. Es ist der 23. Juni 2023. Ich habe noch ein paar Stunden Zeit vor der Lesung am Abend. Ein Specht zählt bis fünf. Nachfahr eines Lebens, neben dem ich erfand, was nicht sein konnte und später dann war?

Ich ziehe meinen Namen im Holz nach, der diese Kerbe geworden ist am 18. Juli 1994.

Es ist der 8. April 2023. Ich sitze unter dem Leuchtturm. Weich schneidet das Licht flüchtige Schneisen in die Finsternis. Unter mir das Meer, *mein wahlverwandtes Element, und schon sein Anblick ist mir heilsam. Es geht ein starker Nordostwind, und die Hexen haben wieder viel Unheil im Sinne.*

Die Hexen haben wieder Unheil im Sinn, ja.

Wirklich glücklich wurde Heine in Frankreich nicht: *Schon die ersten Tage meiner Ankunft in der Hauptstadt der Revolution merkte ich, daß die Dinge in der Wirklichkeit ganz andere Farben trugen, als ihnen die Lichteffekte meiner Begeisterung in der Ferne geliehen hatten.* Die Revolution hatte den Schwächsten kaum etwas gebracht, *der Zustand des niedern Volkes von Paris ist indessen, wie man so sagt, trostlos ...*

Ich habe noch etwas Zeit, also schreibe ich. Heine benennt die Vergangenheit als *alte Garderobe des menschlichen Geistes.* Ich ziehe mir eine von vielen möglichen Vergangenheiten an:

An einem heißen Weinbergnachmittag 1994 warf Fatih einen Stein in die Luft, und wir anderen versuchten, seinen Stein mit unseren Steinen zu treffen, und Fatih sagte, »Wartet mal kurz«, und die Steine prasselten zu Boden.

ANPROBE

Name: Fatih Ozan
Geburtsjahr: 1977
Beruf: Dipl.-Ing. (Quantum Engineering),
Doktorand (Computational Neuroscience)
Anprobe am 20.09.2003

Ich esse im Einstein-Saal der Berlin-Brandenburgischen Akademie der Wissenschaften eine Butterbrezel.

Ich esse im Einstein-Saal der Berlin-Brandenburgischen Akademie der Wissenschaften eine Butterbrezel?

Es hat geklappt?!

Erinnerungen holen die Gegenwart ein.

Ich bin Fatih Ozan, sechsundzwanzig Jahre alt, Doktorand der Computational Neuroscience in Berlin, satt.

Ich bin Prof. Dr. Fatih Ozan, und in dieser Timeline mit dieser Butterbrezel zweiundvierzig Jahre alt, Professor an der TU Berlin und Leitung der AG *Time & Mind* am *Bernstein Center for Computational Neuroscience*, und wie geil klingt das denn bitte!

Ich besitze einen Pudel namens Tortenheber? Ich darf Tortenheber zur Arbeit mitbringen, weil sich alle bei mir einschleimen wollen, auch die, die Hunde hassen, Mecklenburg, mein Hiwi, zum Beispiel.

Es ist der 18. Januar 2020, und es hat geklappt!

Draußen Winter, drinnen Nacken studierter Menschen in Abendgarderobe. Die Nacken schwitzen, das Licht ist stickig und heiß, der Intellektuellenpegel hoch. Unter meinen Sohlen schmatzt der Boden wie bei Schulpartys, wenn es Fanta gab. Alle Fenster sind beschlagen.

Warum bin ich hier? Die Akademie hat mich eingeladen, um 20 Uhr 30 halte ich einen Vortrag. Hier im Salon Sophie-Charlotte (das »e« ist stumm). Den ganzen Abend finden Vorträge statt, Lesungen etc. Gerade ist Pause.

Mein Thema lautet *Virtual Reality* und *Neuroimaging. Chancen und Risiken* usw. Ich weiß, was ich sagen will, ich kenne mich aus! Ich habe dreißig wissenschaftliche Artikel auf dem Gebiet veröffentlicht. Die letzten kamen größtenteils von meinen Hilfskräften, mein Name steht trotzdem drauf.

Scheiße, so jemand könnte ich also werden.

Ich weiß, was ich sagen will, aber auch, was ich nicht sagen soll, und habe mir vorgenommen, es doch zu sagen.

Immer mehr Erinnerungen kommen an. Ein Durcheinander ohne Chronologie. Studien. Beziehungen. Umzüge. Karriere. Mutter muss nicht mehr putzen.

Ich bowle?

Das Thema des Salons lautet *Zukunftswelten.* Passt. Die Zukunftswelt meiner Anprobe gefällt mir. Dass ich die Welt mit vollendeten Sätzen und recht großem Wortschatz wahrnehmen kann, aber nicht muss. Dass in der Innentasche meines Jacketts ein hervorragender Stift steckt. Dass ich vorhabe, später ein Taxi nach Hause zu nehmen. Dass ich wenig Zeit für meinen Garten habe. Dass ich einen Garten habe.

Es gefällt mir nicht, dass ich eine Brille trage.

Mit dem hervorragenden Stift kritzle ich auf die Hand:

es hat geklappt

erinnerungen verzögert

kopfweh

Hiwis nicht ausbeuten

Eine Frau betritt den Saal. Sie wird von der Menge abgeschirmt durch Männer in Maßanzügen. Es ist die Kaiserin? Deutschland endlich wieder Monarchie! Die Sehnsucht des Volkes hat sich erfüllt, dass jemand sagt, so und so läuft es, und keiner muss widersprechen.

Eher kleingewachsen, um die sechzig. Ihr Blazer leuchtet indigoblau, und ihr Pagenschnitt ist verwegen und verschwitzt, als käme sie von der Tanzfläche. Aber sie kommt nicht von der Tanzfläche, sondern sie ist Bundeskanzlerin, Angela Merkel.

Wie cool: Schröder regiert 2020 nicht mehr.

Mal nickt sie, mal winkt sie. Keine Kaiserin, aber auch eine Kanzlerin duscht gerne mal im Volk, und drumherum die Wissenschaft.

Ob sie wohl schon zu Abend gegessen hat, und ob es auch eine Brezel war?

Da sieht Angela Merkel in meine Richtung und ändert ihre.

Huch! Was soll das denn? Einer der Bodyguards macht ihr Platz, indem er links und rechts sanft schubsend eine Schneise fräst in die habilitierten Soziologinnen, die adligen Städteplaner und die laut lachenden Kolumnisten, die Menge effektiver teilt als Moses das Rote Meer.

Unsere Blicke begegnen sich, und die Bundeskanzlerin hebt den Arm zum Gruß.

Scheiße, wir kennen uns?

Denk nach, Fatih! Denk!

Ich winke zurück, sicher ist sicher; eine Bundeskanzlerin lieber einmal zu viel gegrüßt als sie zu ghosten.

›Ghosten‹, was ist das denn bitte für ein Wort? Liegt in der Kartothek meiner Erinnerung, aber was die Bundeskanzlerin und mich verbindet, liegt da nicht. Stattdessen weiß ich, dass sie gerne wandert und in Hamburg geboren ist. Wieder keine Migrantin, schade.

Die Brezel muss weg! Man kann doch der Dritten in der protokollarischen Hierarchie des Bundes nicht mit Salzgebäck in der Hand gegenübertreten, dazu einem unsauber abgekauten! »Merhaba, Frau Bundeskanzlerin« mit halber Brezel als Accessoire?

Ich will die Brezel in der Blumenvase zu meiner Linken versenken, aber die ist derart voll mit so Trockenblumen, dass die Brezel zwischen den Schäften steckenbleibt. In meinem Rücken räuspert sich der Bodyguard genau in dem Moment, da ich die Brezel in die Blumen reinpresse. Ich drehe mich um, und dann steht dort nicht der Bodyguard, sondern die Bundeskanzlerin von Deutschland.

»Grüß dich, Fatih. Schön, dass du hier bist. Ich freue mich auf deinen Vortrag.«

Fuck.

»Hallo, Angela«, sage ich und reiche ihr die Hand. »Na?«

Da schiebt sich die Befehlshaberin der Streitkräfte im Verteidigungsfall in mein Gesicht, dass ich befürchte, sie riecht die Lauge in meinem Atem. »Hör zu, Fatih«, flüstert sie. »Ich bitte dich ein letztes Mal – mach es nicht! Wir sind noch nicht so weit. Als Gesellschaft nicht und was die Sicherheit angeht auch nicht. Alle werden sich um den Anproberaum reißen, alle: Militär, Industrie, andere Länder. China! Macron frisst mir die Leber aus dem Leib, um die Baupläne zu kriegen. Bitte, mach es noch nicht publik, die Folgen wären unkontrollierbar.«

Den Anproberaum publik machen: Genau das war mein Plan. Man hat uns die Geldhähne so weit zugedreht, dass wir nur tröpfchenweise weiterforschen können. Weil bei zwölf von hundert Probanden kleinere Erinnerungslücken auftreten!

Aber was wiegt etwas Gedächtnisschwund verglichen mit einer guten Zukunft!

Und dass vier von hundert ein anhaltendes Déjà-vu empfinden – geschenkt! Ist auch kein Déjà-vu, sondern die erleben wirklich zweimal dasselbe.

Ohne Kohle aus privater Hand können wir einpacken. Wenn wir publik gehen, kommen die Investoren.

»Angela, wir konnten zuletzt ausschließen, dass das Nasenbluten chronisch ist.«

»Fatih, mich musst du nicht überzeugen. Als wir uns kennengelernt haben, war ich Ministerin für Reaktorsicherheit.«

Oh, wow, Moment mal! Sie war selber drin? Jetzt fällt mir alles ein! Angela hat eine Anprobe gemacht! Hat sich danach als Kanzlerkandidatin aufstellen lassen!

»Fatih, die Welt befindet sich in Aufruhr. Russland ist

auf Krawall gebürstet, eine Witzfigur regiert die USA, das Klima ist hin. Bei uns sitzen die Deppen von der AfD in den Parlamenten. Es ist ja nicht so, als könnten wir keine guten Nachrichten vertragen. Aber inmitten all der Krisen und solange der Anproberaum nicht hundertprozentig in alle Richtungen sicher ist und auch kein Sicherheitsrisiko darstellt, behalte ihn bitte für dich und dein Team!«

Ich kann ihr nichts versprechen.

Die Bundeskanzlerin von Deutschland seufzt. »Vergiss deine Brezel nicht«, sagt sie und deutet zur Vase.

Wie viel Zeit habe ich noch? Ich bahne mir den Weg zum Veranstaltungsraum. In der ersten Reihe sitzen ein dünner Mönch, ein Fernsehphilosoph in T-Shirt mit der Aufschrift *Die Ohren haben Wände* sowie eine Frau mit einer Federboa, die nun aufsteht und mir einen Zungenkuss gibt. Ich nehme an, wir sind ein Paar. Wenn nicht, war trotzdem gut.

Die Moderatorin begrüßt das Publikum.

Jetzt bin ich dran.

Name: Saša Stanišić
Geburtsjahr: 1978
Beruf: Gastronomie/Student
Anprobe am 20.12.2003

Tor! 2:1 für uns.

»Jawoll, genau so!«, rufe ich.

Tjost der Achtjährigen, ihre Rüstung: Schienbeinschoner.

»Nicht grätschen, Jonas!«

Die Sonne steht am höchsten, die anderen gleichen aus.

»Weiter, Jungs!«, rufe ich, was ich immer rufe, wenn wir ein Tor kassieren.

Das ist unser sechstes Turnierspiel heute. Der Kunstrasen glüht, die Kinderwangen glühen, der nächste Baumschatten ist gefühlt zehn Kilometer entfernt, unsere Trikotfarbe ist gnadenlos schwarz. Die Eltern fragen nach jeder Partie, flehend, ob es die letzte gewesen sei.

Ich habe Kopfweh. Ich tigere an der Seitenlinie, und die anderen treffen direkt zum 2:3.

»Weiter, Jungs!«

Ein Kind weint, es ist keines von unseren, wäre aber auch verständlich. Trinkpause.

»Die foulen die ganze Zeit«, meckert Leo.

»Nicht meckern«, sage ich. »Dagegenhalten!«

Keine Ahnung, ob das zu sagen das Richtige ist.

Noch zwei Minuten.

Nicholas kann nicht mehr. Ich wechsle Karl rein. »Komm, wir schaffen das!«, sage ich zu ihm, was ich halt immer sage, wenn ich jemanden einwechsle und wir hinten liegen.

Ich trage ein Armband aus Plastikperlen. Mein Sohn hat es für mich gemacht. Ich habe einen Sohn! Einer von denen, die dem Ball hinterherhecheln, ist mein Sohn. Gefühlt ist es der da, er verliert nämlich den Ball. Er gibt ihn aber nicht auf, wie ich es wahrscheinlich getan hätte, sondern erkämpft ihn sich zurück.

Noch eine Minute.

Welche Stadt ist das? Hamburg.

Wie alt bin ich? Fünfundvierzig.

»Hinten aufpassen!«, rufe ich, und weil hinten natürlich trotzdem nicht aufgepasst wird, läuft einer frei auf unser Tor zu, da rauscht aus dem Nichts Karl heran und kratzt den Ball von der Linie.

Ein Riese mit Halbglatze und HSV-Unterhemd und einer zerlesenen *Reclam*-Ausgabe von Heines *Deutschland. Ein Wintermärchen* in der Gesäßtasche wuchtet einen riesigen Eimer Wasser neben das Feld.

Aus irgendeinem Grund habe ich in meiner Gesäßtasche einen Notizblock sowie das Bedürfnis, den Riesen mit Halbglatze zu notieren, aber das Spiel ist wichtiger.

Noch zwanzig Sekunden.

Karl passt zu Zoran, Zoran zu meinem Sohn, mein Sohn zu Oli, Oli umdribbelt einen, dann noch einen, Oli schießt –

Schluss.

Die Mannschaften klatschen einander ab, so wie wir Trainer es den Kindern beibringen sollen: Jedem Gegner respektvoll begegnen, nicht die Augen verdrehen bei Eigentoren, nicht grätschen, Jonas. Respekt, Mannschaftszusammenhalt, Disziplin.

Die Kinder rennen zum Wassereimer, spritzen einander voll. Karl holt Luft und taucht den Kopf ins Wasser. Jemand fängt an zu zählen und kommt bis dreiundzwanzig.

Ich stolpere aus dem Anproberaum, alles dreht sich.

Hinter einer vielfach blinkenden Konsole grinst Fatih mich an.

»Und?«, frage ich.

»Joah«, sagt er.

Dr. Wu leuchtet mir in die Augen.

»Kopf?«, fragt sie.

»Mega«, sage ich.

»Legt sich«, sagt sie.

Auf einem der vielen Monitore ist das Standbild von einem Sportplatz zu sehen, ein paar Kinder erstarrt in der Bewegung. Ball, blauer Himmel, Bratwurststand.

»Ready?« Fatih drückt eine Taste.

Die Kinder flitzen los, verstolpern den Ball, holen ihn sich wieder, die Mannschaft in Schwarz schießt ein Tor, im Gegenzug die Mannschaft in Weiß.

Jubelnde Kinder.

»Das habe ich gesehen?«, sage ich.

Fatih lehnt sich zurück. »Wird noch spannend«, sagt er.

Die Weißen führen inzwischen.

Eine Stimme auf dem Bildschirm, meine Stimme, ruft: »Weiter, Jungs!«

Ich, hier draußen, habe Bratwurstgeruch in der Nase.

»Bin ich Fußballtrainer, oder was soll das sein?«

»Scheint so.«

»Welche Mannschaft ist das?«, frage ich.

»Wie die Jugend von Bayern spielen die nicht«, sagt Fatih.

»Die anderen foulen die ganze Zeit«, sage ich.

Auf dem Bildschirm sage ich: »Nicht meckern. Dagegenhalten!«

Ein hochgewachsener Junge passt zu einem langhaarigen schnellen, der passt zu einem ganz schlacksigen, der leitet weiter an einen schnellen Dribbler – Tor! 3:3!

Ich balle die Faust, ein Reflex aus der Zukunft.

»Einloggen?«, sagt Fatih.

»So was von!«, sage ich.

Name: Muhamet – Mo – Kërpaçi
Geburtsjahr: 1984
Beruf: Testobjekt hier 😊
Anprobe am 09.09.2016

Ely sägt an meinen Nails und keift gegen die Vietnamesen, die ihr das Geschäft vermiesen mit Tiefstpreisen, %%%.

Ich sage: »Mensch, Ely, du bist doch selber Vietnamese!«

Ely sagt: »Du bist der einzige Mann, der mich versteht.«

Ich gebe dreizehn Euro Trinkgeld, ich will nicht, dass Ely pleitegeht.

Damit bin ich jetzt pleite. Aufgrund dieser Entwicklung beschließe ich, heute Glück zu haben.

Das war vorhin. Jetzt radle ich an der Luhe dem Glück entgegen. Ich radle am Krankenhaus vorbei, froh, nicht krank zu sein. Radle unter der Autobahn, froh, nicht Reifen zu sein. Ich radle und wünsche mir, mich eines Tages in das Goldene Buch einer Stadt einzutragen, egal, welcher Stadt.

Was aber könnte mein Verdienst sein? Ich werde sentimental, denn nichts fällt mir ein, wofür eine Stadt mich so arg lieben könnte, dass ich etwas reinschreiben darf in ihr Goldenes Buch.

Es wäre voll schön, wenn es Silberne Bücher gäbe, in die sich normale Leute eintragen dürfen, die sind und sonst nichts, ohne alle weitere Bestimmung und Erfüllung.

Das war vorhin. Jetzt bin ich schon Höhe Twietenhof, wo Mädchen im Kreis reiten. Es herrscht eine ziemlich sympathische Symmetrie vor, weil alle Mädchen blond sind und alle Pferde nicht blond sind, aber alle Mädchen einen Pferdeschwanz haben und alle Pferde ebenfalls einen Pferdeschwanz haben.

Ein wippendes Spektakel aus Gleichmaß!

Ich würde gern länger zusehen, möchte aber nicht, dass die Mädchen oder die Pferde denken, ich sei pervers. Also trete ich hart in die Pedale, worauf zweierlei geschieht.

Erstens: Es fällt mir ein, wofür ich mir einen Eintrag in ein Goldenes Buch verdienen könnte. Dafür, dass ich gleich einen römischen Schatz finden und der Stadt Winsen übergeben werde. Der Schatz wird ein so relevanter Schatz sein, dass die Geschichte der Menschheit neu geschrieben werden muss.

Zweitens: Meine Kette reißt. Woraufhin ich meinen emotionalen Haushalt insofern nicht regulieren kann, als ich mein Rad in die Luhe wuchte, was mir aber sofort leidtut, sodass ich in den Fluss wate und das Rad wieder hole und mich entschuldige bei Rad und Fluss, und dann merke ich: Ich hatte mein Handy in der Hosentasche stecken, als ich in den Fluss rein bin.

Bildschirm schwarz.

Das war vorhin. Das war noch Pech. Jetzt schiebe ich das Fahrrad querfeldein und werde genau hier, auf diesem

Feld, Glück haben. Ich stelle das Fahrrad ab, schalte den Detektor an, mache den Bodenabgleich, stelle auf *Disc 15* und die *Sens* etwas runter.

Der Detektor schlägt sofort an. Bitte nicht wieder ein Knopf. Alles, nur keine Knöpfe mehr!

Spaten raus. Nach dreißig Zentimetern: nichts. Ich fahre mit dem Detektor über Kreuz. Das Signal liegt noch tiefer.

Was ist denn hier los?

Vierzig Zentimeter, das Signal jetzt stabil.

Ich schwitze.

Das war vorhin. Jetzt grabe ich weiter und stoße auf einen Widerstand. Langsam, Mo. Ich mache das Loch vorsichtig breiter.

Da ist etwas. Sieht aus wie ein Gefäß. Ein kleiner Kessel ist das! Sommersprossen aus Rost, am Bauch zwei Ringe als Tragegriffe, ein Stülpdeckel aus Blech.

Auf einem der Griffe hockt ein Regenwurm mit einem winzigen Erdklumpen wie einem Zylinderhut. Ich gebe ihm einen Kuss und setze ihn behutsam ins Gras.

Durchatmen.

Ich fasse nach den Ringen, um den Kessel aus dem Grund zu heben, der linke gibt gleich nach, also lasse ich wieder los – nicht die Geschichte kaputtmachen, Mo!

Das leichte Geschüttel genügte für ziemliches Geklimper im Kessel.

Gänsehaut.

Ich lege mich ins Gras, lasse den Regenwurm über mich kriechen. Was, wenn das Teil voller Münzen ist? Und was, wenn die Münzen uralt sind, ich meine: Wer sonst, außer

Asterix, Obelix und die Römer käme auf die Idee, Münzen in einem Kessel aufzubewahren?

Weiter.

Der Deckel lässt sich leicht abmachen. Ich greife in den Kessel und hole eine Münze heraus. Einfach so. Halte einfach so diese Münze in die Sonne. Lese einfach, was auf der Münze steht:

FELTEMPRE PARATIO

Der Kessel ist mindestens halbvoll mit Münzen. Ich stecke noch mal die Hand hinein, einfach so. Jetzt ist meine Hand so was wie zweitausend Jahre entfernt.

Nichts kaputtmachen, Mo. Auch die eine Münze, zurück mit dir.

Oder doch nicht? Doch. Doch nicht. Hm.

Ruhig bleiben. Handy immer noch tot.

Das war vorhin, jetzt brauche ich einen Plan: Loch zubuddeln, sich die Fundstelle merken, in die Stadt zurücklaufen, den anderen Bescheid sagen, mit dem Auto wieder herkommen. Easy. Alles easy, Mo, alles easy. Ich darf das ja gar nicht behalten. Aber die anderen sollen es sehen. Und jeder nimmt eine Münze mit. Oder sagen wir, vier. Den Rest kriegt die Stadt oder wer. Und ich kriege das Goldene Buch.

Wie merken, wo ich bin? Diese Wiesen sehen alle gleich

aus, gottverdammtes Norddeutschland. Ich lasse einfach das Fahrrad hier zurück. Bin ohne eh schneller.

Was werde ich schreiben in das Goldene Buch?

Vielleicht:

Sein, sonst nichts,
ohne alle weitere Bestimmung und Erfüllung.

Was anziehen an dem Tag? Auf jeden Fall werde ich mir von Ely die Nägel frisch machen lassen. Haben wir einen Bürgermeister oder eine Bürgermeisterin?

Nein, das ist viel besser:

Statt die Balkone in der Bahnhofsstraße wegzumachen,
weil sie »für Unfälle sorgen«,
solltet ihr lieber den Verkehr beruhigen,
dann gäbe es da auch weniger Unfälle.

Das war vorhin. Jetzt laufe ich los und pfeife ein Liedchen, dann höre ich auf zu pfeifen, weil ich pfeifend nicht so schnell laufen kann.

Name: Gisela Brunner
Geburtsjahr: 1938
Beruf: Rentnerin. Und muss was dazuverdienen mit solchen Experimenten, so weit ist es in unserem Land gekommen!
Anprobe am 08.04.2021

Linksseitig knallt es, und aus dem Triebwerk schießen Flammen. Die anderen Passagiere schreien panische norwegische Schreie. Ich kralle mich an die Armlehnen, da knallt es auch rechts, und das Flugzeug sackt ab.

Das ist jetzt aber nicht so gut.

Ich schreie auch, allerdings eher wütend. Ich wollte so gern ohne Angst sterben. Und ich wollte Henrieke noch mal sehen.

Der Aufprall.

So fühlt sich das an, also. Sehr laut. Rauch. Aber Moment, wenn ich das höre und rieche und alles, dann leb ich doch noch, oder was ist das?

Gut geschüttelt. Blutige Hand.

Kriechen muss ich unter Trümmern. Das Knie!

Eine Lichtung mit Flugzeugteilen und Gepäck und Zeug besät, am Rand brennen ein paar Bäume.

Körper, ja, auch Körperteile. Meine Güte!

Das ist ja mein Rucksack.

»Hallo?«

Nichts.

»Haaaallo?«

Nichts.

Hierbleiben oder los?

Was wenn noch etwas explodiert?

Los.

Aber ist das dort ein Bär?

Ein neugieriger Bär am Waldrand, dort, ja. Guckt zum Flugzeug, so was sieht der auch nicht jeden Tag. Setzt sich in Bewegung, kommt auf mich zu.

Nein, das mach ich nicht mit! Ich überlebe doch nicht einen Flugzeugabsturz, um dann von einem Bären weggemacht zu werden!

Ich greife in den Rucksack. Das Erste, was ich zu fassen kriege, ist mein Kulturbeutel, und das Erste dort – die Zahnbürste. Ich schalte sie ein.

Vibrier! Surr!

Der Bär stellt sich auf die Hinterbeine. Starrt hypnotisiert auf das Zahnpflegeprodukt.

Sanft. Sanfte Augen hat das Tier.

Ich füttere den Bären mit einem Apfel. Der Bär frisst mir aus der Hand.

Ein Obdach für die Nacht wäre gut, es ist ganz schön kalt.

»Hast du was?«, frage ich den Bären.

Der Bär führt mich in den Wald zu einer Höhle. Der Bär

legt sich hin. Warum macht der eigentlich keine Winterruhe? Aufgeschreckt worden durch den Absturz vielleicht. Wahrscheinlich aber Klimaerwärmung.

Ich lege den Rucksack ab, pinkele hinten, kuschele mich an das Tier.

Ich habe es warm. Mit der Ausnahme, dass die Dinge etwas gewöhnungsbedürftig riechen, geht es mir gut. Zum Frühstück wird es Dosenbohnen geben.

Name: Harry Heine
Geburtsjahr: 1797
Beruf: Kaufmann und Dichter
Anprobe am 04.08.1819

Ich bin müde und lechze nach Ruhe. An Schlaf war nicht zu denken. Die Standuhr im Korridor des Gasthauses ist des Teufels akustischer Besuch auf Erden! So ich den Hauswirth sehe, verlange ich, daß die wegkomme! Mein ohnehin zerrüttetes Nervensystem liegt in Trümmern. Die halbe Nacht lag ich wach, und durch den überreizten Geist jagten die bizarrsten Nachtgesichte.

Ich will baden, hocke aber bloß am Strand halbtot herum und brate in der Sonne. Es ist nicht nur die Uhr, die mir den Schlaf geraubt. Wenn ich nur wüßte, wo ich überhaupt mein Haupt niederlegen kann. In Deutschland ist es unmöglich. Immer noch wurzeln im deutschen Boden jene Repräsentanten der Nazionalität weit tiefer als die Repräsentanten des Cosmopolitismus. Die Deutschtümler bilden zwar die Minorität, aber ihr Fanatismus überflügelt leicht jeden Fanatismus der Vernunft. Mit der Formel »Vaterland, Deutschland, Glauben der Väter« lassen sich die unklaren Volksmassen weit sicherer elektrisieren als mit »Menschheit, Weltbürgertum, Vernunft der Söhne, Wahrheit …«. Und wo man so viele Herrlichkeiten bei Fremden sehen kann, sich aber immer noch einbildet: das Vortrefflichste und Köstlichste, was die Erde trägt, sei ein – Deutscher!

Gräßlicher als der Patriotismus mit all seinen Geschwüren sind nicht einmal Zahnschmerzen.

Vermaledeite Entscheidungen.

Ich habe Sand in der Hose.

Mademoiselle Schröder wollte vorhin mit mir zanken, sogar dafür war ich zu müde. Wir zanken täglich drei Mal und versöhnen uns anderthalb Mal.

In weite Ferne will ich träumen. Und nach Süden? Nach dem Lande, wo die Zitronen blühen und die Goldorangen? Ach! vor jedem Zitronenbaum steht eine östreichische Schildwache und donnert dir ein schreckliches »Werda!« entgegen.

Einer der Badekarren wird in die See geschoben. Ein kräftiger Mann klettert die Leiter ins knietiefe Wasser, das Seil in der Hand. Ein Nichtschwimmer. Taucht einmal unter, um wieder in den Karren zurückzukehren und herausgezogen zu werden aus der See.

Oder soll ich etwa nach Amerika, nach diesem ungeheuren Freiheitsgefängnis, wo die unsichtbaren Ketten mich noch schmerzlicher drücken würden als zu Hause die sichtbaren und wo der widerwärtigste aller Tyrannen, der Pöbel, seine rohe Herrschaft ausübt und freilich einige Millionen, die eine schwarze oder braune Haut haben, wie die Hunde behandelt werden? Dabei machen diese Amerikaner großes Wesen von ihrem Christentum und sind die eifrigsten Kirchengänger. Solche Heuchelei!

Eine Runde schwimmen jetzt, das Baden in der Nordsee ist immer das heilsamste Mittel für mein Übel und bringt mir vielleicht leichtere Gedanken.

Vergebens. Vergebens tauche ich unter, vergebens schwimme ich gegen die Strömung. Und habe jetzt auch noch Wasser im Ohr. Na toll, Heine.

Die Berliner glotzen, wie ich auf einem Bein hüpfe, um das Wasser rauszubekommen. Kreuzen von einer Insel zur anderen, die ganze Nordsee ist überschwemmt von ihnen, Krabben sind mir lieber.

Die kleine Engländerin vom letzten Jahr ist nicht hier. Sie hätte ich gerne wiedergesehen.

Nach England aber – niemals! Daß Helgoland unter britischer Herrschaft steht, ist mir schon hinlänglich fatal. Ich bilde mir ein, ich röche jene Langeweile, welche Albions Söhne überall ausdünsten. Ausgenommen die kleine Engländerin.

Wie ich es auch wende: Es bleibt nur Lafayette, es bleibt die dreifarbige Fahne, die Marseillaise … Ich weiß doch, was ich will, was ich soll, was ich muß. Nach Paris! Ich bin der Sohn der Revolution!

Aber als Erstes muß ich aus der Sonne. Sonst bin ich gleich ein Sohn der Revolution mit Sonnenstich.

Ich suche den Fischer, der mich vorhin herübergebracht auf die Düne, ich will zurück nach Helgoland. Sogar er wußte von Paris. Rief: »Die armen Leute haben gesiegt!«

Und wie vortrefflich auch die französische Küche!

O Freiheit! Du bist ein böser Traum.

Eines Tages wird das Nationalitätswesen in der Welt aufgehört haben. Nur die Deutschen werden an ihrem noch immer arbeiten.

Brodder Nickels, mein Hauswirth, legt mit einem kleinen Boot an. Ein prächtiger Seemann, unerschrocken in Sturm und Not. Und ein Poet auch, er weiß es bloß nicht. Sagt er neulich zu mir, es ist drollig: »Die See riecht nach frischgebackenem Kuchen.«

Sein Passagier ist ein Bursche, nicht älter als sechzehn Jahr, absonderlich gekleidet mit einer Hose, die nicht übers Knie gereicht, und einem farbenfrohen Hemde, dessen Ärmel die Ellenbogen nicht berühren. Einen Kragen hat das Hemd auch nicht, dafür trägt es einen Schriftzug: N I R V A N A

Der Bursche nickt mir im Vorbeigehen zu, das Haar lang, unreines Gesicht, wie eine Erscheinung blaß!

Unter einem Tuch verborgen schleppt er einen Gegenstand über die Düne.

»Sag, Nickels, wer ist das?«, frage ich.

»Von uns keiner«, sagt mein Hauswirth.

Von uns keiner.

»Hast du schlecht geschlafen, Heinrich? Du siehst müde aus.«

»Besser kann man nicht schlafen!«

»Gut, gut. Wo willst du hin?«

»Am liebsten nach Hause«, sage ich. »Weißt du, wo das ist?«

»Meines weiß ich«, sagt der Hauswirthseemanpoet und breitet die Arme aus.

Ja, ja, die See. Als Matrose müßte man die Welt sehen!

»Willst du mit? Ich setze wieder über.«

Die Sonne glüht, und ja, ich will mit.

<u>**Name:**</u> Georg Horvath
<u>**Geburtsjahr:**</u> 1979
<u>**Beruf:**</u> Justiziar
Anprobe am 14.08.2015

Restmüll?

Gelbe Tonne?

Papier?

Geht als Papier durch, glaube ich. Andererseits: Sobald man in Müllfragen etwas nur »glaubt«, ist es sicher Restmüll.

Ich öffne die Schachtel und wühle in den Karten. Es gibt einen Säbel, eine Schatztruhe, und hier ist ein Papagei mit einer Augenklappe. Aus irgendeinem Grund empfinde ich gegenüber dem Papagei eine extreme Abneigung.

Eine ältere Frau ruft etwas heiser von ihrem Balkon. Ich winke und hoffe, es war keine Frage.

Da fällt mir ein, warum ich das Spiel wegwerfen wollte. Wegen meines Sohnes. Der gewinnt immer gegen mich. Was bin ich denn für eine Mimose?

»Was ist das?«, ruft wieder die Frau. Ihr Name fällt mir ein: Frau Schüle.

»Monopoly«, sage ich. »Ist kaputt.«

»Wegwerfmentalität!«, hustet die Schüle.

»Wissen Sie, ist das Restmüll oder Papier?«

»Mir doch egal.«

Kopfweh. Zu wenig Kaffee heute gehabt.

Im Haus setze ich Wasser auf und lege die Memory-Karten auf dem Tresen aus.

Warum bin ich dieser Tage so traurig? Ich bin traurig, weil ich nicht wütend werde. Weil Markus mit mir machen kann, was er will, und ich sage nicht Nein. Weil ich seit vielen Sonntagen keinen freien mehr hatte. Weil Reginas Klinik vielleicht pleitegeht. Weil es keine großen Nachrichten mehr gibt, die auch gute Nachrichten sind. Weil ich mir nicht mehr Zeit für Paul nehme. Weil ich mich nicht erinnere, wann wir als Familie das letzte Mal entspannt waren oder mehrheitlich glücklich.

Ich trinke einen Schluck Kaffee und verbrenne mir die Zunge und besudle die Karten.

Das wird Flecken geben.

Ich verlasse die Kabine, alles dreht sich.

Die Ärztin stützt mich, ich muss mich setzen.

»Schwindel?«

»Und Kopfschmerzen.«

Sie leuchtet mir in die Augen, ich soll ein- und ausatmen.

»Erinnern Sie sich, was Sie gesehen haben?«

»Ich habe gar nichts gesehen. Ich bin rein und wieder raus. Das war's.«

»Herr Ozan zeigt es Ihnen.«

Herr Ozan, ein ruhiger Mann, Türke wohl, er spricht

aber fließend Deutsch. Sein Brillengestell ist nicht gut eingestellt, die Brille rutscht ihm immer wieder von der Nase.

»Ready?«, sagt Herr Ozan.

»Yes«, sage ich.

Wir sehen das übliche Mülleimer-Ensemble in einem Hinterhof. Der Ort ist mir unbekannt.

Ich stehe vor den Mülleimern wie weggetreten. Zwei Minuten oder so, bewegungslos. Eine Spielschachtel in den Händen.

Eine griesgrämige Frau auf dem Balkon holt mich aus meiner Starre. Wir unterhalten uns kurz, aber das ist doch Memory und nicht Monopoly, warum sage ich das?

Da ist so ein nervöses Jammern in meiner Stimme.

Ich gehe durch eine Wohnung. Ist wohl meine. Oder unsere eher, ich sehe ein paar Sachen, die Regina gehören. Wir sind immer noch zusammen. Das ist gut.

Kunst im Flur und im Wohnzimmer, ein gut gefülltes Bücherregal. Ein Kind haben wir anscheinend auch. Oder eher sechs Kinder bei der Menge an Spielzeug überall.

Ich setze Wasser auf. Die Küche ist üppiger ausgestattet als unsere Küche heute.

Ich benutze eine *French Press* für den Kaffee? Meine Güte, bitte nicht.

Jetzt starre ich den Wasserkocher an wie vorhin die Mülleimer.

Irgendwann lege ich die Memory-Karten aus und spiele. Gegen mich selbst?

Und verbrenne mir die Zunge und verschütte den Kaffee.

Die Flecken mache ich nur halbherzig weg.

Schwarz.

»Das wars?«

»Das wars. Einloggen?«

Hm. Ich wirke alles andere als gefestigt und froh. Regina und ich sind uns überhaupt noch unsicher, ob wir Kinder haben wollen. Ich finde, wir haben das noch nicht ausreichend diskutiert. Und dann dieses Starren …

»Nicht einloggen«, sage ich.

»Verstehe.«

»Darf ich aber noch mal?«

»Wenn ich richtig informiert bin, haben wir erst im Frühjahr wieder freie Slots. Machen Sie gerne einen Termin am Empfang.«

»Danke.«

»Nichts zu danken, Herr Horvath.«

Name: Georg Horvath
Geburtsjahr: 1979
Beruf: Justiziar
2. Anprobe am 01.04.2016

Paul Horvath, Schüler der Freien Waldorfschule Bremen, Touler Straße, hat bei den Deutschen Gedächtnismeisterschaften in Winsen/Luhe die Konkurrenz bei den Junioren hinter sich gelassen und seinen Titel souverän verteidigt. Er gewann mit insgesamt 3200 Punkten vor dem Zweitplatzierten Leo Lindenberg mit 2814 Punkten.

Über dem Artikel ist ein Foto von Paul. Es zeigt ihn mit riesigen Kopfhörern über Memory-Karten gebeugt. Sein Haar steht an der Seite ab, wie so oft, direkt über dem Ohr. Ich bin gerührt.

Ich verstaue das Handy.

»Du hättest ihn sehen sollen, Gina. Ging auf und ab in der Turnhalle wie so ein kleiner Macho. Selbstbewusst, Gina!«

»Ist bestimmt alles andere als einfach, cool zu wirken bei den Deutschen Gedächtnismeisterschaften in Winsen an der Luhe.« Regina lacht.

Wir stoßen an, trinken.

»Wir sollten etwas unternehmen die Tage! Alle zusammen. Ihm zeigen, wie stolz wir sind.«

»Ich hab heute und Donnerstag bis Sonntag spät.«

»Wir finden was.«

»Was, das uns allen Spaß macht?«

»Genau.«

»Überrasch mich nicht.«

»Natürlich nicht.«

Regina trinkt den Wein aus.

»Ich leg mich noch mal hin. Weckst du mich gegen fünf?«

»Mach ich. Isst du noch mit uns?«

»Schaff ich, glaub ich, nicht. Im Kühlschrank ist noch die Bolo von gestern.«

»Gut.«

»Bis später.«

»Ich weck dich.«

Name: Dilek Ozan
Geburtsjahr: 1960
Beruf: Vorsitzende des dt.-türkischen Kulturvereins *Platane* Heidelberg
Anprobe am 04.05.2017

Wenn Özlem morgen nach Trabzon zurückgeht, gehe ich mit. Gepackt habe ich schon. Erlaubt Vater es nicht, haue ich ab. Der Sommer zirpt, und Vater wird es nicht erlauben, die Tasche ist hinter der Bretterwand im Stall.

Viel lieber hätte ich im Winter Geburtstag. Auch heute ist es zu heiß. Im Schatten unter der Platane wie in keinem Schatten. Dazu die Hitze der Aufregung. Die Hitze nervt.

Der Vater nervt, die Sonne nervt, die Fliegen nerven.

Die Ziegen sind unruhig, ein Gewitter naht. Die Ziegen nerven. Wie mild draußen das Meer mit den Schaumkronen, die Boote im Hafen aber lauter Fragezeichen.

Fragezeichen, Fragezeichen, Fragezeichen.

Fragezeichen nerven.

Hitze und Langeweile und Fragezeichen: Warum nicht kurz ins Meer? In einer halben Stunde wäre ich an der Küste und vor dem Gewitter und vor Özlem wieder zurück.

Ganz zittrig bin ich, was ist das? Im Norden die Wolkenwand, schwarz. Gewitterwolken auch hier, hier drin. Vor den Wettern habe ich keine Angst. Die Ziegen sollten aber in den Stall. Fünfzehn hat der Blitz neulich in Çavuşlu erschlagen.

Entscheide dich, Dilek: zum Meer oder nach Hause?

Nach Hause. Die Ziegen versorgen, im Trockenen auf Özlem warten, mit Özlem sprechen, bevor die Feier beginnt. Sie fragen, ob sie mich mitnimmt, erst danach geht das überhaupt: feiern.

Außer, Özlem sagt Nein.

Die Ziegen verstehen sofort, was ich von ihnen will, sind froh.

Jemand kommt uns entgegen. Es ist Özlem! Ich laufe los, sie breitet die Arme aus.

»Doğum günün kutlu olsun, Dilek'im!« Sie küsst meine Augen. »Hier, ich habe etwas für dich.«

»Lass mich raten – ein Buch.«

»Hey! Allerdings nicht so eins, wie du denkst.«

Es donnert. Das Buch hat keinen Titel. Die Seiten sind handbeschrieben, aber es ist nicht Özlems Schrift. Ich verstehe nicht.

»Ich habe Freunde in Trabzon gebeten, etwas zu schreiben über die Stadt. Für dich. Etwas über ihre Lieblingsorte, ihren Alltag, schau.«

Während ich in dem Buch blättere, flüstert Özlem etwas in mein Haar.

Ich will antworten, muss aber weinen. Warum?

Ich umarme sie, halte sie fest. Ich habe jedes Wort gehört, und ich weiß auch, was ich antworten will, und ich höre aber auch das Donnern und muss mich doch um die Ziegen kümmern, bevor das Gewitter kommt.

Sehr hell. Meine Nase kribbelt, ein Tropfen Blut landet auf meinem Handrücken, mir ist schwindlig.

Nicht umfallen, Dilek Ozan! Nicht umfallen!

Zwei in weißen Kitteln, ein Mann und eine Frau, eilen herbei. Sie stützen mich, helfen mir auf einen Stuhl, das ist gut. Beide mit Sorgen im Gesicht.

Ja, ein Taschentuch wäre gut, ja. Danke, danke.

Der Mann kommt mir bekannt vor. Wer –

»Anneciğim, nasıl hissediyorsun?«

Schöne Stimme, vertraute Stimme. Er nennt mich Mutter, das ist interessant.

Wie ich mich fühle? Ich brauche noch ein Taschentuch, so fühl ich mich.

Ach, jetzt! Diese Sache mit der Zukunft. Mein Fatih hat das erfunden, und das ist er doch, das ist mein Fatih, oder?

Ich suche das Gesicht des Mannes nach Bekanntem ab.

Gut, die Augen, das passt. Der Mund auch. Ja, nein, das ist schon meiner. Mein guter, kluger Fatih.

Streichelt mir über die Wange. Lieb.

Uff. Das wäre ja ein erhebliches Durcheinander, auf die alten Tage noch mal einen anderen als Sohn zu kriegen. Hätte nicht so viel Lust darauf, mich da einzuarbeiten, das sage ich ganz ehrlich.

Fatih setzt sich an einen Computer. Ein Erfinder! Wer hätte das gedacht?

Na ja, ich schon.

Der weiße Mantel macht was her.

Mein Kopf: Au!

Die Frau fragt, wie es mir geht.

Mein Kopf, sage ich, tue weh.

Fatih tippt schnell auf der Tastatur. Er sieht unzufrieden aus. Ruft die Ärztin zu sich, berät sich leise mit ihr.

Ich wackle rüber, was ist denn los?

Auf dem Bildschirm schneidet die Sonne mit Licht durch eine Baumkrone. Moment. Das ist ja meine Platane! Und das sind meine Ziegen! Fatih drückt eine Taste, und ich höre die Glocken.

»Das ist aber –« Lange her.

»Kaleköy?« Fatih sieht mich an.

»Welcher Tag ist das?« Ich klopfe mit dem Zeigefinger auf den Bildschirm.

»Wissen wir nicht. Dein Geburtstag wohl. Gleich gratuliert dir jemand.«

Ich treibe die Ziegen zusammen und laufe Özlem in die Arme. Sie ist es, die mir gratuliert, mich umarmt, mir ein Buch schenkt, mir etwas zuflüstert – und: Schwarz.

Jetzt muss ich schon wieder ein bisschen weinen.

Dilek hier, Dilek dort, vereint in Tränen.

»Das war mein dreizehnter Geburtstag.«

»Eine Erinnerung? Das dachte ich mir. Wer war die Frau?«

»Deine Großtante Özlem. Hast du leider nicht mehr kennengelernt.«

Das letzte Bild auf dem Monitor, eingefroren: Ich habe

mich von Özlem ab- und den Ziegen zugewandt. Die Aktarım-Wiesen, die Platane, diese Kindheit dort.

»Ich dachte, deine Maschine zeigt die Zukunft.«

Fatih schiebt die Brille auf die Nase. »Ich verstehe es auch nicht. Hatten wir noch nie.« Er beginnt mitten im Satz wieder zu tippen, sieht mich gar nicht mehr an.

»Kann ich – kann ich das auch bekommen, Fatih? Kann ich machen, dass das … Diese zehn Minuten auf dem Computer, kann ich die … Wie hast du es genannt?«

»Du möchtest das einloggen?«

»Ja.«

»Was soll das bringen? Du hast das doch schon erlebt.«

»Was, wenn es sonst weggeht?«

Fatih lacht. »So funktioniert das nicht. Vergangenheit kann nicht ›weggehen‹.«

»Was wenn doch? Guck mich an, Fatih. Lass das bitte kurz.«

Fatih unterbricht das Getippe und wendet sich mir wieder zu. »Entschuldige, es gibt so viel zu tun.«

»Fatih, mein Zicklein, bist du glücklich?«

»Was soll das, Mama?«

»Fatih …«

»Ja, ich bin sehr glücklich.«

»Dann mach es, mach dieses Einloggen. Ich will, dass du dieses Leben hast und kein anderes.«

Fatih seufzt. »Mama, wir hatten und haben dieses Leben. Wir hätten unzählige andere haben können, weil wir unzählige andere Entscheidungen hätten treffen können, aber wir haben – zum Glück – solche getroffen, die dich zu meiner Mutter gemacht haben, und mich zu diesem heute ein bisschen gestressten Typen, der wieder Überstunden schieben wird, um den Fehler im System zu finden. Und der aber darüber total froh ist, weil er wahnsinnig gern Fehler sucht. Das kann nicht verschwinden, wir haben die Vergangenheit hinter uns und auch in uns, Mama.«

»Also, nicht einloggen?«

»Nein.«

»Gut, dann nich –«

NEUE HEIMAT

An einem heißen Weinbergnachmittag 1994 warf ich einen Stein in die Luft, und Piero und Nico versuchten, meinen Stein mit ihren Steinen zu treffen, und ich sagte: »Wartet mal kurz, ich hab grad voll das Déjà-vu«, und die Steine prasselten zu Boden.

»Was Wü?«, fragte Piero.

»Das ist, wenn du noch mal was erlebst«, erklärte ich.

»Wenn du *glaubst*, dass du noch mal was erlebst«, erklärte Nico.

»Wie wir Steine schießen?«, fragte Piero.

»Eher so insgesamt«, sagte ich.

»Ich hab Wü jeden Tag«, sagte Piero. »Schule.« Er warf den nächsten Stein. »Was macht ihr in den Sommerferien, ihr Assis?«, fragte er.

»Ich fahr mit meiner Mutter nach Italien«, sagte Nico.

»Ich fahr auch nach Italien, aber leider nicht mit deiner Mutter«, sagte Piero, und wir lachten, auch Nicos Mutter hätte gelacht, wäre sie dabei gewesen, weil solche Witze konntest du vor ihr ruhig bringen.

»Dich würd ich sowieso nicht mitnehmen – Nico und ich wollen uns ja entspannen.« So was käme ihrerseits zurück, und auch das hätten alle lustig gefunden, weil Piero brutal anstrengend sein konnte.

»Und du?« Nico warf den Stein.

»Ich bleib hier«, sagte ich.

»Loser«, sagte Piero.

»Fick dich«, sagte ich.

Dieses Buch würde ohne sie weniger klar und korrekt sein:

Heeresgeschichtliches Museum Wien
Helgoland
Hochsitz
Stadtteilarchiv Ottensen
www.detektorforum.de
www.fuchstreff.de

Kai Uwe Bormann
Christof Bultmann
Andrea Maria Dusl
Vanessa Giese
Karoline von Günderrode
Heinrich Heine
David Hugendick
Margot Krüß
Richard Lein
Martin Mittelmeier
Maria Motter
Franz Prödl
Katja Sämann
Arthur Schnitzler

Die auf den Seiten 28 und 45 zitierten Verse des Gedichts »Einladung« von Nâzım Hikmet stammen aus »Die Luft ist schwer wie Blei«, aus dem Türkischen von Helga Dağyeli-Bohne und Yıldırım Dağyeli, Dağyeli Verlag 2014 (Abwandlung der Übersetzung mit freundlicher Genehmigung)

MIX
Papier | Fördert gute Waldnutzung
FSC® C014496

Penguin Random House Verlagsgruppe FSC® N001967

1. Auflage
Genehmigte Taschenbuchausgabe Oktober 2025
btb Verlag in der Penguin Random House Verlagsgruppe GmbH,
Neumarkter Straße 28, 81673 München
produktsicherheit@penguinrandomhouse.de
(Vorstehende Angaben sind zugleich
Pflichtinformationen nach GPSR.)

Covergestaltung: buxdesign | Ruth Botzenhardt
unter Verwendung eines Motivs von © mauritius images /
Quagga Media / Alamy / Alamy Stock Photos
Druck und Einband: GGP Media GmbH, Pößneck
cb · Herstellung: han
Printed in Germany
ISBN 978-3-442-77541-5

www.btb-verlag.de
www.facebook.com/penguinbuecher